KB121182

예지몽으로 히든랭커 33

2023년 8월 18일 초판 1쇄 인쇄
2023년 8월 23일 초판 1쇄 발행

지은이 이현비
발행인 강준규

기획 이기헌 왕소현 임동관 박경무 강민구 조익현
책임편집 백승미
마케팅지원 이원선

발행처 (주)로크미디어
출판등록 2003년 3월 24일
주소 서울시 마포구 마포대로 45 일진빌딩 6층
Tel (02)3273-5135 **Fax** (02)3273-5134
홈페이지 rokmedia.com **E-mail** rokmedia@empas.com

값 9,000원

ISBN 979-11-408-0573-0 (33권)
ISBN 979-11-354-9382-9 04810 (세트)

예지몽으로 히든랭커

이현비 게임 판타지 장편소설 33

CONTENTS

의뢰 완수

가온이 마족과 다크엘프족이 보스인 던전을 클리어하는 순간 두 부대로 나뉜 아니테라 전단도 던전을 클리어했으며 모둔의 일도 마무리가 된 것이다.

참으로 길고 지루했던 차원 의뢰지만 공을 들인 만큼 과실은 달콤했다.

-10 레벨 상승.

-기본 보상에 추가 보상까지 포함해서 1억 명예 포인트.

-전설 등급의 타이탄 전용 대검 아이템.

-차원 의뢰를 수행할 때만 적용되지만 전 스텟이 2할 상승하는 칭호인 '위대한 차원 용병'.

-A급 이상, 병급 이상의 스킬 진화권 3장.

　-갑급 공격용 선술인 무형인(無形刃).

　레벨 상승과 명예 포인트는 던전 공략에 따른 보상과 차원 의뢰를 완수한 보상을 합친 숫자였다.

　아이테르 차원에는 주신(主神)이 없어서 따로 보상을 받지는 못했지만 이것만으로도 충분했다.

　사실 갑급에 해당하는 무형인 선술을 얻은 것만으로도 보상은 충분했다. 선술은 그 정도로 강력한 위력을 가지고 있었기 때문이다.

　'거기에 타이탄과 흡순석을 통한 전단원들의 능력 상승까지 고려하면 정말 엄청난 보상이네!'

　의뢰를 수행하는 과정에서 얻은 금과 마정석 그리고 부산물까지 더하면 욕심이 많은 가온도 만족할 수밖에 없는 보상이었다.

　'이제 탄 차원으로 돌아갈 시간이군.'

　아직 여유는 있다.

　한 달이라는 시간이 주어졌다.

　하지만 딱히 할 일은 남아 있지 않았다.

　세롬이 아이테르 차원의 전력으로는 당분간, 아니 나중에도 공략이 불가능할 것이라고 판단한 다섯 개의 던전까지 완벽하게 공략한 상태였기 때문이다.

'그래. 미련 갖지 말고 가자!'

아니테라 시티가 갑자기 사라지면 당연히 큰 혼란이 있겠지만 어떻게든 수습이 될 것이다.

자신이 이곳에 넘길 것도 다 넘겼다. 그러니 시스템도 차원 의뢰가 완수된 것으로 판단한 것이다.

300개의 시티에는 기가스 설계도를 넘겼고 옥토 에스트레에는 기존의 기가스 설계도에 더해서 건설용 타이탄 설계도를 넘겼다.

니그룸, 루툼, 루보르 마탑에는 마법사용 알파급 타이탄 설계도와 건설용 타이탄 설계도를 넘겼다.

벼리의 예측이 맞는다면 이제 아이테르 차원의 시티와 마탑 들은 무한 경쟁 체제에 돌입할 것이다. 시티 간의 거리는 짧아졌고 극소수가 독점했던 타이탄 제작 기술이 풀렸으니 당연한 수순이다.

그 대신 분리된 상태로 전승되었던 선술들을 거의 대부분 모았다.

앞으로 시간을 두고 연구를 해서 합하면 많은 선술을 익힐 수 있을 것이다.

'뭐 벼리나 내 예상과 다르게 흘러갈 수도 있지만 나머지는 이곳 사람들이 알아서 하겠지.'

대가는 충분히 받았지만 창궐한 마수와 몬스터를 처리하고 던전을 제대로 공략할 수 있는 최적의 무기를 쥐여 주었으니 더 이상 연연할 필요는 없었다.

정령들이 차원석을 챙겨서 던전을 나오자 가온은 나인테일을 이용해서 전단원들이 공략한 던전을 모두 들러서 차원석과 전리품을 챙겨 나온 전단원들을 차례로 아니테라로 보냈다.

그리고 그의 모습은 곧 아이테르 차원에서 사라졌다.

가온은 아이테르 차원을 떠나 탄 차원으로 돌아왔지만 나크 훈과 만나기로 한 날 직전까지 거의 대부분의 시간을 아니테라에서 보냈다.

일단 더 이상 타이탄을 추가로 생산할 이유가 없어서 타이탄 공방은 당분간 휴업을 하고 장인들과 마법사 등 생산 인력에 보너스와 함께 긴 휴가를 주었다.

전사, 마법사, 사령술사, 영술사 들이 흡순석을 통해서 얻은 기연을 갈무리하느라고 수련에 매진하는 동안 그 역시 모둔과 함께 영술을 익혔다.

이전에 익혔던 선술과 영술의 차이는 확실하게 모르지만 시스템은 선술이라는 단어를 사용하고 있어서 당분간은 그저 구분 없이 사용하기로 했다.

레겐탈에게 받은 자료와 다크엘프족에게 받은 영술 그리

고 모둔이 타이탄의 대가로 챙긴 자료를 취합한 결과 얻은 영술은 총 26개였다.

일단 개인용 영술을 살펴보면 두 종류 이상이 있는 영술은 창랑 연공술을 포함한 연공술 두 종, 보법 두 종, 신법 세 종, 선검술 두 종, 영기 제작술 두 종으로 총 열한 종이었다.

그 밖에 한 종만 있는 것은 단거리 공간 이동술, 비검술, 비침술, 영기막, 영탐술, 화염술, 뇌전술 등 아홉 가지였다.

합격술은 총 여섯 가지였는데 방어용이 두 가지, 공격용이 네 가지로 결계술과 아주 유사해서 스노족 영술사들은 쉽게 익힐 수 있을 것 같았다.

가온은 분신술을 사용하면 합격술을 모두 펼칠 수 있었기에 영술을 모두 익히기로 했고 모둔은 개인용 영술만 익히기로 했다.

아레오는 이번에 얻은 기연을 통해서 또다시 벽을 넘어 보기로 했다.

서클 마법을 익힌 것이 아니라서 새로운 마력 링을 추가하는 것과 같은 구체적인 현상을 동반하는 건 아니지만 그녀는 자신의 성장을 확신하며 폐관 수련에 들어갔다.

덕분에 아나샤는 오랜만에 가온을 독점할 수 있게 되었는데 이미 경지에 이른 음양대법으로 인해서 행복하고 뜨거운 시간을 만끽할 수 있었다.

모둔은 여전히 바빴다. 영술 수련에 매진하고 있는 가온을 대신해서 아니테라의 대소사를 처리했기 때문이다.

물론 가온이 직접 나설 정도로 중요한 일이 없기에 가능한 일이지만 모둔은 가온이 아니테라의 일에 신경을 쓰지 않고 수련을 할 수 있도록 최대한 내조하고 있었다.

그렇게 영술을 익히는 데 전념하고 있을 때 오랜만에 벼리가 대화를 요청했다.

'무슨 일이야?'

—저와 파넬이 뭔가를 발견한 것 같아요.

알테어가 자신이 익힌 연금술과 지구의 화학을 연구하며 새로운 이론을 정립하는 동안 벼리는 파넬과 마법 학회지를 연구하고 있었다.

'뭔데?'

—오래전, 그러니까 아르테미인들이 아이테르 차원에 건너왔을 무렵의 학회지를 분석해 보니 그 당시는 차원 융합에 대한 연구가 최고조였더라고요.

던전에서 쏟아져 나온 마수와 몬스터 창궐로 인해 멸망 직전까지 몰렸던 상황을 벗어나게 해 준 영인에 대한 관심이 최고조였던 만큼 마탑들도 영인에 대한 관심은 물론 던전, 즉 차원 융합의 증거에 대한 연구도 활발하게 진행되었을 것은 자명했다.

'흥미로운 내용을 찾은 거야?'

—네, 오빠. 오래전에 아르테미인들을 직접 만나 차원 융

합에 대한 얘기를 들은 탄 차원의 마법사들이 있더라고요.

한 명도 아니고 여러 명의 마법사들이 그런 기회를 가졌다니 뜻밖이지만 그럴 법도 했다.

'어떤 내용이야?'

─요약을 하면 이래요. 일단 차원은 서로 긴밀하게 연결이 되어 있어요.

'어떤 연결을 말하는 거야?'

─아르테미인들은 세상이 상위 차원과 하위 차원으로 구성되어 있다고 주장했어요. 그리고 한 상위 차원이 무수한 하위 차원과 연결되어 있으며, 이런 상위 차원들도 꽤 많다고 해요. 어쨌든 아르테미 차원도 상위 차원이에요.

'상위와 하위 차원 간에 어떤 차이가 있나?'

상위 차원인들의 능력이 하위 차원인들보다 월등하다거나 하는 것을 묻는 것이다.

─상위 차원이 먼저 창조되었기 때문에 대체로 그렇긴 한데 반드시 그런 건 아닌 것 같아요. 오히려 문명 수준이 뒤떨어지는 상위 차원도 있다니까요.

'혹시 아르테미인들이 아이테르 차원을 구해 준 이유도 언급이 되었나?'

세롬으로부터 지나가듯 들은 말이 있기는 한데 구체적인 내용이 언급되었는지 궁금했다.

─상위 차원이 무너지면 하위 차원은 모두 멸망하고 반대

로 하위 차원 중 일정 비율 이상이 멸망하면 상위 차원도 붕괴가 된다고 했어요.

'멸망한다는 것은 무슨 의미지?'

—말 그대로 차원계 혹은 행성 자체가 붕괴된다는 것으로 추정하고 있어요. 모든 생물이 죽고 삶의 기반이 되었던 차원계나 행성 역시 사라지는 거죠.

'그럼 어떤 식으로 붕괴가 되는 거지?'

—오빠도 아시다시피 마기는 음차원의 에너지예요. 한 속성의 에너지가 과도하게 많아지면 균형이 무너지고 종국에는 마기를 지닌 생물마저 소멸되고 말지요. 그리고 마지막에는 결국 차원이 붕괴될 수밖에 없다고 해요.

'그럼 아르테미인들은 차원 융합의 이유를 어떻게 얘기했어?'

—탄 차원의 마법사들도 같은 의문이 들었던 모양인데, 아르테미인들은 차원이 생성되고 일정한 시간이 지나면 자연스럽게 진행되는 일종의 노화 현상과 비슷하다고 얘기했다고 하네요.

역시 세름에게 들었던 것과 비슷한 내용이었다.

'차원 융합을 막거나 피할 수 없다는 말인가?'

—아르테미인들은 그렇게 믿고 있었던 것 같아요. 그래도 차원 융합을 최대한 늦추는 방식으로 관리가 가능하다고 했어요. 그들은 차원도 마치 생물처럼 탄생하고 소멸하는 일종

의 사이클을 가지고 있다고 믿고 있었어요. 다만 차원 융합이 과도할 정도로 빠르게 진행되는 경우가 왕왕 발생하기 때문에 해당 차원에 속한 모든 생물이 함께 노력을 해서 관리를 해야 한다고 주장했어요.

아르테미인들의 생각이 맞는지는 알 수 없지만 그들의 논리에 따르면 차원 융합은 생물체의 노화처럼 피할 수 없는 현상이며 단지 적절한 관리를 통해서 융합되는 시기를 최대한 늦추는 것만이 가능하다는 것이다.

─아르테미인들을 포함한 상위 차원의 수장들은 신격을 획득한 존재들과 힘을 모아서 차원 융합이 시작된 차원을 대상으로 하는 갓상점 시스템과 던전 보상 시스템을 운영해서 이른바 관리를 하고 있다고 했어요.

'관리라…… 말은 되는군.'

차원들은 유기적으로 얽혀서 마치 공동 운명체와 같으니 특별한 능력을 각성한 존재나 신격을 획득한 존재들이 힘을 모을 수밖에 없을 것 같았다.

'그런데 왜 신격을 가진 존재들이 나서지 않는 거지?'

─그 부분에 대한 언급도 있었어요. 신격을 가진 존재들은 수많은 차원을 연결하는 두 시스템을 만들고 유지하기 위해서 엄청난 힘을 소모해서 회복하는 데 오래 걸리기도 하지만, 원래 그런 존재들은 차원계를 건너갈 수 없다고 했어요. 그게 세상의 질서 혹은 규칙 중 하나라고요.

그 부분은 잘 이해가 가질 않았지만 벼리에게 묻는다고 해서 대답이 나올 리가 없었다. 그래서 다른 궁금한 점을 질문했다.

'혹시 마계에 대한 내용도 있어?'

—네, 있어요. 마계는 상위 차원 중에서도 가장 큰 차원으로 마계의 지배자들은 신에 필적하는 권능을 가지고 있는데, 그들은 마기가 차원을 소멸시킨다는 주장에는 반대 의견을 가지고 있어요. 그들은 차원 융합을 통해서 마기를 더욱 확산시켜야만 소멸을 막을 수 있다는 생각을 가지고 있다고 해요.

아르테미인들이나 마족들의 입장은 상반되지만 둘 다 차원 융합 현상을 당연하게 받아들이고 있는 것 같아서 씁쓸했다.

'그런데 상위 차원인들은 하위 차원을 마음대로 오갈 수 있나?'

—그건 아니에요. 아르테미인들의 언급은 없었지만, 그들과 대화를 나누었던 마법사들은 차원을 오가려면 굉장한 대가를 치러야만 가능할 뿐 아니라 본인의 능력도 데미갓, 즉 반신에 가까워야만 가능한 것으로 이해하고 있었어요. 그리고 직접 현신할 수도 없고 능력의 일부만 가진 분신, 즉 영체와 같은 존재로만 가능하다고 해요.

어쩌면 영인들은 아르테미인들의 본체가 아닐 가능성이

아주 높았다.

'그런 의미에서 보면 나인테일은 정말 대단한 보물이네.'

막대한 영력이 필요하지만 차원을 이동할 수 있게 해 주는 아이템이니 말이다.

─아무튼 아르테미인들이 아이테르인들을 도운 이유는 영술을 통해서 능력을 키워서 일정 수준 이상의 던전을 공략할 정도로 전력이 높아지면 오빠처럼 차원 용병으로 활약해 주길 바라서인 것 같아요.

아이테르인들은 그런 아르테미인들의 기대를 저버린 것이고.

'그런데 갓상점에 대한 언급이나 던전 공략에 따른 보상과 같은 내용은 없었어?'

─있었어요. 아르테미인들은 당시 존재하던 던전의 절반 이상을 공략한 이후부터 그런 범차원적인 시스템의 적용을 받을 수 있다고 알려 주었대요. 그리고 차원 용병으로 활약하기 위해서는 상급 이상 던전을 공략하는데, 일정한 수준 이상의 활약을 해야 하고요.

그렇다면 최초의 영인들은 그 수준까지 던전을 공략하지 못한 것이다.

그리고 영인들의 후예는 죽음이 두려워서 혹은 제대로 영술을 익히지 못해서 여전히 그 목표를 달성하지 못했을 것이고.

타이탄이 개발된 이후에도 상황은 달라지지 않았다. 아니, 오히려 영술을 익히는 자들의 숫자가 급감하는 부정적인 결과가 가져왔다.

'하지만 지금부터는 달라지겠지.'

영술은 몰라도 타이탄 전력이 급증하고 새로운 타이탄이 속속 개발되면 아이테르 차원의 전력을 급상승해서 위기를 극복하는 것은 물론이고 다른 차원을 도와줄 능력까지 가지게 될 것이다.

그런 면에서 보면 지구는 운이 좋았다. 벼리와 가온과 같은 별종이 아르테미인들이 예상했던 것보다 훨씬 일찍 출현했으니 말이다.

'그래, 앞으로도 학회지 연구를 계속할 거야?'

─영술을 한번 연구해 보려고요. 파넬도 큰 관심을 가지고 있어요.

'좋아. 기대할 테니 한번 연구해 봐. 영술에 대한 자료는 모둔에게 말하면 될 거야.'

─알겠어요!

벼리와 파넬의 능력이라면 새로운 영술을 만드는 것은 몰라도 기존의 영술을 개량하고 발전시키는 것은 가능할 것이다.

'아무튼 이렇게 되면 본신의 안전을 위해서라도 차원 의뢰를 적극적으로 해야겠네.'

거창하게 지구를 지킨다거나 차원을 지키기 위해서가 아니라 본신과 자신의 안전과 성장을 위해서라도 차원 의뢰를 적극적으로 수행해야 할 것 같았다.

새로운 의뢰

토레토 온천.

한동안 아니테라에서 새로 얻은 선술과 영술을 익히는 데 매진했던 가온은 세 여인이 고르고 고른 세트 방어구를 착용한 모습으로 온천의 정문 근처에 나타났다.

'다들 잘 지내고 있겠지?'

고향으로 돌아간 온 클랜의 원년 멤버들은 물론이고 아그레시아로 간 정보길드 출신 대원들 그리고 나크 훈의 지도를 받으며 철월검술을 익히고 있을 나머지 대원들의 안부가 궁금했다.

'왕녀의 수련은 어떻게 되어 가고 있을까?'

왕녀와 만나 첫눈에 반해서 온천에서 사랑을 나눈 기억이 떠오르자 자연스럽게 그녀가 그리워졌다.

다른 사람들에게는 그리 긴 시간이 아니었지만 차원 의뢰를 수행한 가온에게는 무척 긴 시간이었다.

그런 생각을 하면서 걷다가 온천 숙소가 눈앞에 나타났을 때 생각지도 않았던 익숙한 얼굴이 눈에 들어왔다.

"나디아!"

반갑긴 했지만 아그레시아에 있어야 할 나디아가 왜 이곳에, 아니 온천 숙소도 아니고 정문 밖에서 기다리고 있는지 이상했다.

"대장님!"

나디아가 활짝 웃으며 달려오더니 그에게 팔짝 뛰어 안겼다.

가온은 혹시 그녀가 떨어질까 두려워서 한 팔로 그녀의 허리를 감고 다른 팔로는 엉덩이를 받쳤다. 덕분에 포즈가 좀 이상야릇했지만 어쩔 수가 없었다.

"아그레시아로 간 거 아니었어?"

그렇게 물으면서 주위를 둘러봤지만 루크를 비롯한 다른 대원들은 보이지 않았다.

"호호호. 쭉 아그레시아에서 새로운 정보 길드 창설과 철월검관 개관을 준비하다가 중요한 정보가 있어서 이틀 전에 다시 왔어요."

"스승님은 만난 거야?"

"톨람 왕국의 요청을 받아들여서 다른 대원들과 함께 던전 브레이크가 임박한 위험한 던전들을 공략하러 가셨더라고요."

길이 엇갈린 것이다.

"그런데 중요한 정보가 있다고?"

그렇게 물으면서 나디아를 내려놓았다.

"쳇!"

나디아는 가온의 품에서 벗어나는 것이 싫은지 내색을 하더니 이내 입을 열었다.

"주위에 사람이 없기는 하지만 조용한 곳으로 가요."

이렇게 얘기를 하는 것을 보면 남들이 들어서는 안 되는 것 같아서 앞장서는 나디아의 뒤를 따랐다.

온천으로 향하는 마차로에서 조금 벗어난 숲 안의 작은 공터.

"거부하기 너무 아까운 의뢰가 하나 들어왔어요."

"정보가 아니라 의뢰였어?"

"네. 혹시 다이트 제국이라고 들어 보셨어요?"

들어 봤다. 이른바 오국 연합의 북서쪽의 광대한 평원 지대를 지배하는 대제국의 이름이 바로 다이트였다.

"다이트 제국에서 의뢰가 들어온 거야?"

"네! 정확하게는 두 가지 의뢰인데 하나는 서해의 열도 사이에 위치한 해저 던전을 공략해 달라는 것이고, 다른 하나는 차원 의뢰를 받아서 떠난 제국의 황자와 황녀를 찾아서 데리고 오는 것이 내용이에요."

'가만! 어나더 문두스의 무대가 다이트 제국까지 확대된 건가? 벼리야, 확인해 봐.'

─아니에요. 어나더 문두스의 플레이어들에게는 아직 개방되지 않았어요.

'그럼 초랭커들은 한창 던전을 공략하고 있겠구나?'

─네. 길드 규모를 부풀린 선두 무리가 이제 막 상급 던전을 공략하기 시작했어요.

그러고 보니 예지몽에서 초랭커 플레이어들이 오국 연합의 영역에서 상급 던전을 공략하는 데 성공한 후 대부분 차원 용병이 되었고 얼마 지나지 않아서 현실에도 던전이 열렸었다.

초랭커들이 적어도 처음 열린 무대인 오국 연합의 상급 던전들을 공략할 실력은 되어야 무대를 더 확장하든지 차원 의뢰를 받게 될 것이다.

뭐 자신이야 분신이기 때문에 어나더 문두스의 플레이어이면서 동시에 아니기 때문에 관계는 없었다.

"해저 던전은 골치가 아픈데."

제국 측의 의뢰라니 흥미로웠지만 해저 던전은 예지몽에서도 오랫동안 공략 불가의 영역이었다.

마법이나 주술 그리고 마나를 사용하는 전투술을 가진 탄 차원의 강자들에게도 바다 깊은 곳에 생긴 던전을 공략하는 건 불가능에 가까웠다.

"대장님이 오래전에 강바닥에 있는 던전을 공략했었다는 정보가 그쪽으로 넘어간 것 같아요."

생각해 보니 그때 정말 고생이 많았다. 특히 블러드히루 도, 즉 거대 흡혈거머리에 대한 기억은 끔찍했다. 물론 그 던 전에서 사랑하는 모둔을 만나게 되었으니 오랫동안 기억에 남겠지만 말이다.

"관련 정보는?"

"던전의 보스는 거대 고래이고, 마수화된 고래 마수들은 공격성이 굉장히 강해서 마구잡이로 배를 공격하는데, 어선 은 물론 중형 상선까지 집어삼킬 정도로 몸집이 어마어마하 게 크다고 했어요."

탄 차원의 중형 상선이 어느 정도 크기인지는 알 수 없지 만 대충 생각해도 몸집이 어마어마하게 크다는 것 정도는 추 측할 수 있다.

"던전 브레이크가 발생했을 텐데."

"그건 잘 모르겠어요. 마화된 거대 고래들은 해저 던전이 자리한 열도에서 멀리 벗어나지 않는다고 해요. 그리고 주기 적으로 사라졌다가 다시 나타나기 때문에 던전을 자유롭게 드나드는 것으로 의심하고 있다고 했어요."

"보상은?"

"일단 첫 번째 의뢰에 대한 대가로 500만 골드와 황실 보고에서 두 가지 보물을 고를 수 있는 권리를 주겠대요. 만약 철월검파가 제국에 지관을 낼 의향이 있다면 부지나 행정적인 부분을 도와줄 의향이 있다고도 했어요."

그 정도면 충분히 만족할 수준의 보상이다.

"두 번째 건은?"

"다이트 황실의 3황자와 5황녀는 30대 초중반으로 익스퍼트 상급과 5서클 마법사인데 어릴 때부터 천재로 알려진 아주 유명한 인물들이에요. 둘 다 황위나 결혼에는 별 관심이 없고 검술과 마법에 푹 빠진 인물들인데 상급 던전을 공략한 보상으로 차원이동이 가능한 표식을 얻었나 봐요. 표식을 받은 직후에 차원 의뢰를 받아서 차원 이동을 했다고 하는데, 지금까지 아무런 소식이 없어서 노환을 앓고 있는 늙은 황제가 애타게 찾는 것 같아요. 이 의뢰는 저도 확신하기 힘들어서 보상은 아예 듣지도 않았어요."

"그건 잘했네. 그런데 차원을 건너간 지 얼마나 됐는데?"

"보름 정도인데, 의뢰를 수행할 차원과 이곳과는 시간의 흐름이 1백 배나 차이가 난다면서요."

그런 사실까지 알려졌을 정도면 차원 의뢰를 완수했거나 포기하고 돌아온 이들이 꽤 많은 모양이다.

차원 의뢰는 중간에 포기할 경우 상당한 페널티가 있다고 들었지만 죽는 것보다는 나았다.

아무튼 이곳에서 보름이면 건너간 차원에서는 1,500일, 즉 5년 가까이 지난 것이니 그 사실을 확인한 다이트 제국의 황제로서는 걱정할 수밖에 없을 것이다.

"어떤 의뢰인지는 알고?"

"아니까 우리에게 의뢰를 한 거겠지요."

자신도 아이테르 차원의 의뢰를 하면서 지겨워 죽을 뻔했다.

얻은 것은 아주 많았지만 예상한 것보다 훨씬 더 많은 시간이 걸렸기 때문이다.

"그런데 우리를 어떻게 알고 나디아에게 의뢰를 한 거지?"

"우리 클랜에 대한 얘기는 이미 오국 연합에서는 모르는 이가 없으니 자연스럽게 알았겠지요. 그리고 제가 아그레시아에 정보 길드를 새로 열었거든요. 당연히 온 클랜 휘하임을 밝혔고요."

"기존의 정보 길드에서 방해 공작을 했을 텐데?"

"생각보다 대장님과 우리 온 클랜의 이름값이 대단하더라고요. 공식 행사도 하지 않았는데 다섯 왕국이 모두 고위 귀족을 보내 축하를 해 주었어요. 특히 아그레시아 측은 세 왕자와 고위 귀족들이 찾아와서 축하를 해 주었고요. 뭐 대장님이 없다고 하니 실망이 대단했지만 말이지요."

아그레시아 왕국의 왕실과 고위 귀족들이 그 정도로 관심을 기울이고 있다면 나디아나 루크 일행을 축출한 정보 길드에서도 노골적으로 활동을 방해하거나 적대하기는 힘들 것이다.

"인력이 많이 부족할 텐데 괜찮아?"

"저희도 그 부분을 우려했는데 비교적 쉽게 인력을 충원하고 있어요. 저희가 후원하던 은퇴 정보원이나 전사들은 당연히 합류했고 온 클랜 휘하라고 알려져서 그런지 기존의 정보 길드에서 나온 이들은 물론이고 용병 길드에서 활약하던 이들까지 찾아왔어요. 물론 아직은 아그레시아의 수도 일원의 정보만 취급하고 있지만 관주께서 본격적으로 활동하시면 활동 범위를 최소한 오국 연합까지는 확대할 수 있을 것 같아요."

가온의 스승으로 알려진 나크 훈도 유명 인사이고 오랫동안 실력이 정체 상태였다가 소드 마스터가 되는 데 결정적인 역할을 한 철월검술도 꽤 알려진 상태이니, 정보 길드도 빠르게 성장할 수 있을 것이다.

"어떻게 하실 거예요? 두 번째 의뢰는 그렇다 치더라도 첫 번째 의뢰는 어렵지 않을까요?"

"아니, 한번 해 보자고. 선수금은 나디아에게 줄 테니까 정보 길드의 자금으로 활용하도록 해."

투하란 왕녀가 수련을 끝낼 때까지는 탄 차원에서 딱히 할 일은 없었다.

한다고 해 봐야 상급 던전을 공략하는 것인데 그러다가 다섯 왕국이 자신의 동선을 알기라도 하면 무척 귀찮아질 것이다.

"안 그래도 부탁을 드리려고 했는데 감사해요! 그런데 정말 고래 마수가 서식하는 해저 던전이면 온 클랜의 능력으로는 어렵지 않을까요?"

소드 마스터들이 포함된 온 클랜이지만 뭍이라면 몰라도 바다 깊은 곳에 있는 던전은 접근하는 것부터 어렵고 위험했다.

나디아도 그 점을 잘 알고 있었지만 온 클랜에 정령사들이 있기 때문에 일단 클랜장의 의견을 들어 보겠다는 대답을 보내고 이곳을 찾은 것이다.

"다른 대원은 필요 없어. 물론 그렇다고 혼자 하겠다는 건 아니고 쓸 만한 조력자가 있어."

"설마 인어족이라도 아시는 거예요?"

"비슷해."

인어족만큼은 아니지만 나가족도 꽤 오래 물속에서 지낼 수 있다.

물론 염분이 높은 바다에서 활동할 수 있을지 여부는 알 수 없지만.

'뭐 정령들이 있으니 나 혼자 해도 상관이 없을 것 같네.'

그렇게 차원 의뢰를 마치고 탄 차원으로 복귀하자마자 새로운 일감을 덥석 맡았다.

　다이트 제국의 서쪽 변경에 위치한 알피드 백작성.
　대지의 마탑 지하에 있는 텔레포트 마법진이 방출하던 빛
이 사그라들자 한 인물이 나타났다.
　"알피드 백작성에 오신 것을 환영합니다, 온 훈 경. 저는
백작성 1급 행정관 오데인이라고 합니다."
　기다렸다는 듯 잘 차려입었지만 마른 체구에 창백한 낯빛
의 중년 문관이 인사를 건네왔다.
　"온 클랜의 온 훈입니다."
　"황실에서 연락을 받았습니다. 백작께서 기다리십니다."
　"끄응. 안내해 주십시오."
　굳이 백작까지 만날 필요는 없었지만 이것도 의뢰를 수행
하는 한 과정이니 피할 수는 없었다.
　결국 백작의 집무실까지 간 가온은 한눈에도 긴장한 것으
로 보이는 장년의 백작 옆에 있는 화려한 차림의 중년 여인
을 발견했는데, 그녀의 뒤에는 한눈에도 호위로 보이는 기사
둘이 완전 무장을 한 상태로 서 있었다.
　'설마 황실에서 직접 온 건가?'
　짙은 화장을 했지만 40대 중반으로 보이는 중년 여인의 오

연한 기도도 인상이 깊었지만, 그녀의 호위 기사 두 명이 모두 소드 마스터라서 그렇게 추측한 것이다.

"오! 왔군! 난 알피드 덴 오르캄 백작이네."

가온이 막 인사를 하려고 했을 때 알피드 백작이 다시 말을 이어 갔다.

"먼저 인사드리게! 황송하게도 카레인 대황녀께서 이 누추한 백작성을 찾아 주셨네!"

현재 황제를 대리하고 있다는 대황녀가 직접 이 자리에 나타난 것을 보니 두 건의 의뢰가 제국 입장에서도 굉장히 중요한 모양이다.

"대황녀를 뵙게 되어 영광입니다. 온 훈이라고 합니다."

황실의 예법은 알지 못하니 어쩔 수 없이 한쪽 무릎을 바닥에 대고 왼손을 가슴에 댄 채 고개를 숙여서 인사를 했다. 그것이 가온이 할 수 있는 최상의 예의였기 때문이다.

그런데 갑자기 살벌한 기세가 가온을 향해 쏘아졌다. 자신을 향해 쏘아지는 기세의 주인공은 두 호위 중 젊어 보이는 기사로 눈빛에 살기가 가득했다.

'아무래도 이 정도 예의로는 부족했던 모양이네.'

이들을 만족시키려면 오체투지 정도는 해야 할 것 같았지만, 영혼은 지구인인 가온은 아무리 황녀라도 인간에 불과한 존재에게 그런 식으로 인사를 하고 싶지는 않았다.

'게다가 이 자리는 내가 갑이란 말이지.'

가온은 가볍게 몸을 흔드는 것으로 그를 압박하는 기세를 가볍게 날려 버렸다.

"끄응!"

억눌린 것 같은 희미한 경호성이 들렸지만 신경을 쓰지는 않았다.

다행히 호위 기사는 더 이상 기세를 방출하지는 않았다. 아마 더 압박을 하면 가온이 가만있지 않았을 것이다.

"고개를 드세요."

저음이지만 듣기 좋은 목소리의 주인공이 그렇게 말했다.

가온이 고개를 들어 황녀를 쳐다보는 순간 투구를 쓴 두 호위 기사들이 다시 살기를 방출했다.

'아무리 황녀가 직접 명령을 했다고 하더라도 감히 황녀와 눈을 맞추어서는 안 된다는 거군.'

갑자기 짜증이 났다. 막말로 아이테르 차원의 시장처럼 영인의 후예로 피에 담긴 특별한 능력이 있는 것도 아닌 탄 차원의 황가가 아닌가.

눈빛이 사나워진 가온은 마주 살기를 방출해서 두 호위 기사의 살기를 흩어 버린 건 물론이고 물을 거슬러 올라가듯 그들을 압박했다.

부르르.

쿠웅! 쿠웅!

몸에서 유일하게 드러난 두 눈의 동공이 사정없이 흔들린

두 호위 기사가 갑옷의 금속이 부딪히는 소리를 내며 뒤로 몇 발자국 물러났다.

"배운 적도, 알지도 못하는 예법을 마음보다 더 중시하는 분들과는 더 이상 할 말이 없습니다. 자유 기사라 예법을 감당할 수 없으니 물러나겠습니다."

그렇게 말한 가온은 백작이나 황녀를 더는 쳐다보지 않고 방을 나섰다.

"잠깐! 이 무슨 무례한……."

화가 난 가온은 온몸으로 살기를 뿜어냈고 그에게 호통을 치던 백작은 더 이상 말을 이어 가지 못하고 부들부들 떨었다.

유일하게 앉아 있던 황녀의 희고 우아한 얼굴은 숨쉬기가 곤란한 듯 창백하게 질려 있었다.

넓은 집무실에 움직이기만 해도 베일 것 같은 끔찍한 살기가 가득해서 숨조차 제대로 쉴 수 없었기 때문이다.

가온이 집무실 밖으로 나가자 비로소 살기가 흩어지면서 네 사람은 겨우 숨을 쉴 수가 있었다.

겨우 숨을 쉴 수 있게 된 황녀는 가온이 나간 집무실 밖을 묘한 눈으로 지켜보다가 입을 열었다.

"마호멧 자작!"

"넷!"

"그의 실력은 어느 정도인가요?"

"……제 실력으로는 감히 판단하기 어렵습니다."

둘 중 젊은 기사가 이를 악물더니 겨우 대답했다.

"메이슨 경은?"

"최소한 소드 마스터 최상급입니다."

황실 근위 기사단 부단장이며 소드 마스터 최상급 실력자인 메이슨의 말에 알피드 백작과 대황녀는 물론 메호멧이라는 기사도 믿을 수 없다는 눈빛이 되었다.

"저렇게 젊은 나이에 경과 비슷한 경지의 강자라니 도저히 믿을 수가 없군요"

"비슷한 정도가 아닙니다. 사실 압도적으로 강합니다. 필경 바디 체인지를 했을 겁니다."

메이슨이 쓴웃음을 지으며 한 대답에 세 사람의 눈이 화등잔처럼 커졌다.

"아아! 전하도 아시겠지만 바디 체인지를 하는 나이에 따라서 외모가 바뀌는데, 저렇게 젊게 보일 정도면 최소한 마흔이 되기 전에 했겠지요."

"메이슨 경, 우리가 예상한 그의 실력은 어땠나요?"

"소드 마스터 상급이었습니다."

"알피드 백작!"

"네, 전하!"

"그에게 예법 교육을 시켰나요?"

"아, 아닙니다. 그럴 여유가 없다고 생각해서……."

"마호멧 경, 경이 먼저 와서 온 클랜과의 면담을 준비했지?"

"그렇습니다, 전하!"

"그럼 예법 교육을 따로 시키지 않을 거라는 사실도 알았겠네?"

"네? 그, 그렇습니다."

투구 밖으로 드러난 마호멧이라는 기사의 동공이 세차게 흔들렸다.

"그가 자유 기사라는 것도 이미 알려져 있고 황실의 예법에 어두운 것도 알았을 텐데, 상대의 예의가 부족하다는 이유로 살기를 방출한 거네?"

"그, 그건……."

"그대의 배후에 있는 아론 공작은 바닷길을 막는 것은 물론이고 제국에서 가장 큰 향신료 주산지를 봉쇄하고 있는 해양 마수의 근거지인 바다 밑 던전을 공략하는 것을 싫어하는 거지? 그래서 이 자리를 망치려고 살기를 방출했나?"

쿠웅!

"저, 절대로 아닙니다! 감히 대황녀 전하께 제대로 된 예의를 취하지 않은 그에게 화가 났을 뿐 다른 의도는 전혀 없습니다! 제 충심을 의심하지 말아 주십시오, 전하!"

마호멧 자작이 사색이 된 얼굴로 한쪽 무릎을 꿇더니 그렇게 변명했다.

"이해가 안 되잖아! 황립 기사 아카데미 수석 입학생과 수석 졸업생에 제국 최연소 소드 마스터, 최근에는 최연소 근위기사단 부대장이 된 경이 자유 기사인 온 훈이 제대로 된 황실 예법을 알 리가 없다는 사실을 모를 리가 없잖아. 게다가 백작과 붙어 있었으면 예법 교육을 전혀 하지 않았다는 사실도 잘 알 테고. 이번 건을 파투 낼 의도가 아니라면 감히 황실의 의뢰에 응한 손님을 예의가 부족하다는 이유로 살기를 뿌릴 리가 없잖아."

"저, 전하, 억울합니다!"

서릿발처럼 차가운 황녀의 말에 마호멧은 얼굴이 하얗게 질려서 이젠 아예 오체투지를 한 상태로 억울함을 토로했다.

"메이슨 경은 어떻게 생각해요?"

"으음. 확실히 이상하긴 합니다. 제가 오래 알아 온 것은 아니지만 마호멧 경은 실력도 실력이지만, 사려가 깊기로 소문이 난 기사입니다. 그렇기에 전하의 호위 기사로 선발이 되었을 거고요. 또한 상대가 자유 기사라는 점을 고려하면 그가 취한 예의가 부족한 것도 아니었습니다. 그로서는 최대한 공경함을 드러낸 것이라고 볼 수 있지요. 미리 파견되어 백작과 함께 이 자리를 준비했던 마호멧 경이 그런 점을 모를 리가 없을 텐데 이렇게 쉽게 살기를 뿌린 것은 이해하기 어렵습니다."

"메이슨 경, 전 정말 억울합니다! 전 다만 그가 예의가 부족한 것에 화가 났을 뿐입니다! 그리고 전 이해할 수가 없습니다! 제가 한 실수야 그렇다고 치더라도 한낱 자유 기사에 불과한 자가 감히 자리를 박차고 나가다니요. 이건 절대로 용납해서는 안 될 일입니다!"

마호멧은 진심으로 억울한 듯 피를 토하는 얼굴이었다.

"아론 공작이 깊이 관여하고 있는 것으로 알려진 블랙펄 상단의 제도 지부 창고에 향신료가 가득 채워져 있다지? 향신료 가격이 이전보다 열 배가 넘게 뛴 상태인데 아직도 소량만 반출하고 있고. 내가 아론 공작이라면 던전이 공략되지 않기를 바랄 것 같은데. 마호멧 경, 어떤가?"

"그, 그런 건 제가 알 리가 없잖습니까? 전 기사이지 상인이 아닙니다!"

"몰락한 귀족 출신인 그대를 공작가의 방계로 입양해서 지금까지 밀어준 아론 공작도 상인은 아니지."

"전하!"

"마호멧 경, 당장 근위 기사단으로 돌아가서 근신하라! 만약에 그대 때문에 온 클랜을 고용할 수 없게 된다면 반역죄에 준해서 벌할 것이니!"

"……네."

마호멧은 얼굴은 일그러졌지만 순순히 황녀의 명령에 따를 수밖에 없었다.

가온은 황녀를 호위하는 기사의 무례를 참지 못하고 자리를 박차고 나왔지만 그렇다고 아예 자리를 뜰 수는 없었다.

전혀 상대는 되지 않지만 백작가와 근위 기사들이 정중한 태도로 그를 응접실로 안내했기 때문이다.

'괜히 한다고 했나?'

이럴 시간이 있으면 다른 차원 의뢰를 할 걸 그랬다는 생각이 들었다.

'아니야. 이 의뢰를 수행하는 것도 결국은 차원 의뢰와 마찬가지로 탄 차원에 벌어지고 있는 차원 융합의 속도를 늦추거나 막는 거야.'

마음을 다잡은 가온은 묵묵히 응접실에 앉아서 시녀가 내온 차를 마시면서 마나로 청각을 높였고 백작 집무실의 상황을 눈으로 보듯 알 수 있었다.

얼마 후 백작을 앞세운 황녀가 응접실로 들어왔는데 자신에게 살기를 방출했던 젊은 호위 기사는 보이지 않았다.

"일단 첫 번째 의뢰에 대한 대가로 500만 골드와 황실 보고에서 보물 세 점을 고를 권리를 주도록 하겠소."

"좋습니다."

상황이야 이미 파악했으며 이왕 할 의뢰라면 굳이 밀당을 할 필요는 없었다.

그나저나 호위 기사의 실수로 인해서 보상의 내용이 올라갔다. 황실 보고의 보물이 한 점 추가된 것이다.

"되도록 빨리 던전을 공략해 주게. 수많은 뱃사람들의 생명과 생계가 달려 있기도 하지만 제국의 향신료 시장이 엉망이 된 상황이네."

왜 과도한 보상을 걸었나 했더니 황금만큼이나 귀중한 향신료와 관계가 있었다.

"던전에 대한 개략적인 정보는 여기에 기재되어 있네. 그리고 이건 계약서네."

가온이 의뢰를 수락하자 백작이 나서서 나머지 일을 맡았다.

계약서를 작성하고 계약금 200만 골드를 수령한 가온이 자리를 뜨려고 했을 때 다시 황녀가 입을 열었다.

"온 훈 경."

"네, 전하."

"차원 의뢰라고 부르는 의뢰를 해 봤겠지?"

"그렇습니다."

"난이도가 높은가?"

"그렇습니다. 운이 따르지 않았다면 두 건 모두 실패하고 목숨을 잃었을 겁니다."

실제로 가온이 완수한 두 의뢰만 해도 가온이 아니면 불가능하다고 생각될 정도로 어려웠다. 물론 가온은 혼자 수행했기에 더욱 난이도가 높았지만 말이다.

"그렇군. 두 번째 의뢰도 잘 부탁하네."

"아직 첫 번째 의뢰도 해결하지 않았는데 너무 이른 말씀입니다. 그리고 온 클랜이 곧 철월검파라는 이름으로 세상에 드러날 예정이기에 두 번째 의뢰는 받아들일 생각이 없습니다."

"두 번째 의뢰를 수행하지 않겠다는 건가?"

황녀가 그렇게 묻는데 핏줄이 어디 가지 않는지 그 오연한 눈빛은 노회한 귀족이라고 하더라도 마주하기 힘들었다.

하지만 가온은 이 세계 사람도 아니고 여차하면 어떤 상황에서든 벗어날 수 있었기에 그런 눈빛에 전혀 주눅 들지 않고 담담하게 받았다.

"소문이 사실이라면 3황자 전하는 익스퍼트 최상급이고 5황녀 전하는 5서클 마법사입니다. 거기에 두 분은 필시 제국의 다른 강자들과 동행을 했겠지요. 두 분이 하지 못하신 일을 제가 할 수 있을 리가 없습니다. 자고로 용병의 덕목 중으뜸은 실력을 과신하지 않는 겁니다. 그래야만 자신의 안위는 물론 의뢰인의 이익을 지켜 줄 수 있기 때문이지요. 저는두 번째 의뢰는 수행할 능력이 없습니다."

가온은 아예 못을 박아 버렸다. 어떤 사정이 있는지는 알수 없지만 예의가 부족하다는 이유로 살기를 뿜어 대는 치들과 더 이상 얽히기 싫었기 때문이다.

"으음. 일단 알았네. 첫 번째 의뢰를 완수하는 날 다시 보도록 하지."

"네, 전하."

가온은 대황녀가 고집을 피우지 않고 순순히 받아들이자 내심 안도했다. 정말 계속 얽히고 싶지 않았기 때문이다.

가온은 곧바로 목적지인 제국 서해의 파노라마 열도로 향했다. 백작이 배를 빌려주겠다고 했지만 이미 준비했다는 말로 사양했다.

가온이 응접실을 벗어나자 황녀가 내내 유지했던 오연한 눈빛을 거뒀다.

"메이슨 경, 어때요?"

"아까울 정도로 뛰어난 자유 기사인 것 같습니다."

"정확하게 말하자면 자유 기사가 아니에요."

"네?"

"본인이 받아들이지 않아서 그렇지 오국 연합의 몇 개 왕국에서 그에게 작위와 영지를 내렸다고 하더군요."

"영지까지 말입니까? 왜 거부한 거죠?"

메이슨은 자신도 모르게 의아한 마음을 드러냈다. 기사라면 평생 충성을 바칠 주군을 찾는 것과 함께 부와 명예를 쥐는 것이 목표였기 때문이다.

특히 영지는 대대손손 부와 권력을 담보하기에 거부하는

건 바보 같은 짓이다.

"묶여 있기를 싫어하는 성격인 것 같아요."

"그렇게 보이기는 하지만 저 나이에 저 실력이라면 제국과 전하께 큰 도움이 될 겁니다."

제국에도 최상급 소드 마스터가 세 명이나 있지만 이미 반쯤 은퇴한 상황이다.

게다가 나이도 많고 황실의 권위로도 쉽게 움직일 수 없는 자들이라서 제국의 안위가 심각한 상황이 아니라면 세상에 나올 가능성이 거의 없었다.

반면에 온 훈이라는 자는 출신은 한미하지만 한창 활동할 수 있는 나이에 실력도 뛰어나서 제대로 활용하면 제국 곳곳에서 벌어지고 있는 위험한 상황을 해결하는 데 큰 역할을 할 수 있을 것이다.

"돈이야 충분히 벌었을 테니 정략결혼을 시키면 어떻겠습니까? 아직 결혼했다는 정보가 없으니 제 가문의 여식 중 미색이 출중한 아이들이 몇 명을 준비하겠습니다."

"던전으로 인한 위기에서 벗어나자 국왕 대행 자리를 내놓고 은거했다는 툴람 왕국의 투하란 왕녀와 사랑하는 사이라는 정보가 있어요. 툴람 왕국 측에서 공개적으로 밝히고 있으니 그저 소문은 아니지요."

"그렇습니까? 투하란 왕녀라면 눈이 높기로 유명한데, 하긴 저런 외모에 능력이면 본인은 물론 동생인 국왕도 욕심을 낼 만하군요. 하지만 그렇다고 정실이 확정된 건 아니잖습니까? 첩실로도 상관은 없습니다."

메이슨 후작은 가온이 정말 욕심났다. 그를 품으면 가문은 물론이고 제국과 황위 계승 1순위인 대황녀에게도 큰 도움이 될 것이다.

"자신의 실력이나 상황을 정확하게 판단하고 그에 맞추어 단호하게 행동하는 점이나 구속되기를 싫어하는 성격이라면 후작의 의도는 전혀 먹히지 않을 거예요. 그리고 지금은 그걸 생각할 때가 아니에요. 3황자와 5황녀를 구해 올 수 있는 사람은 저 사람밖에 없어요."

"……왜 그리 생각하십니까?"

"차원 의뢰를 완수하고 돌아왔다는 기사나 마법사에 대해서 들어 봤나요?"

"그건 아직……."

"없어요. 아니, 몇 명이 있기는 하지만 난이도가 굉장히 낮았다고 해요. 아까 들었죠, 벌써 두 건이나 완수했다는 얘기."

"아무튼 놓치면 안 되겠군요?"

"반드시 붙잡아야 해요. 제국에도 많은 능력자들이 있지만 세력이 아니라 단독으로 황자와 황녀를 구해 올 수 있는 강자는 저자뿐이에요."

"수를 마련해 보겠습니다."

"뭐든 시도해 보세요. 다만 그의 심기를 건드리지 않는 선에서요."

그렇게 명령을 내리며 온 훈이 나간 문 쪽을 바라보는 황녀의 눈에는 진득한 욕망의 빛이 가득했다.

해저 던전

파노라마 열도는 제국 서쪽 해변에서 40킬로무 거리까지 분포한 38개의 섬으로 구성되어 있다.

섬 중 11개를 제외하면 모두 유인도로 절반 이상이 연중 온난 습윤하고 기온의 일교차나 연교차가 적은 해양성 기후로 인해서 다양한 향신료의 주산지였다.

넘겨받은 정보서에 따르면 고래 마수가 서식하는 것으로 알려진 해저 던전은 열도에서 가장 큰 포르란섬과 가까운 얕은 해저에 위치하고 있다고 했다.

공중 정찰에 나선 가온은 얼마 가지 않아서 고래 마수를 확인할 수 있었다.

'엄청나게 크네. 마수화가 되었다고는 하지만 습성을 파악

하려면 원형을 추측할 수 있으면 좋을 텐데……'

가온은 숨을 쉬러 수면 위로 올라온 고래의 모습을 버리에게 전했다.

－몸집이 현격하게 크기는 하지만 전체적으로 범고래와 비슷한 것 같아요.

'범고래라면 킬러 고래라고 알려진 녀석이지?'

－맞아요. 검은색 몸에 흰 줄무늬가 이곳저곳에 있는.

범고래는 성정이 아주 난폭해서 바다의 강도라고 불리는 해양 생태계 최고의 포식자다.

물범이나 물개는 물론 상어나 다른 고래까지 잡아먹는데, 지능도 아주 높아서 협공에 능하며 다양한 전술을 사용해서 상대에 맞추어 사냥하는 것으로 알려져 있었다.

－지구의 범고래는 몸길이가 7~10미터에 몸무게는 6~10톤인데, 저놈들은 그보다 세 배는 더 큰 것 같아요. 입의 크기만 보면 소형 어선 정도는 한입에 삼킬 수 있을 것 같아요. 이빨도 지구의 범고래와 달리 상어처럼 뾰족해서 뼈까지 쉽게 부술 수 있을 것 같고요.

지구의 범고래는 바다의 포식자이기는 하지만 인간이나 배를 공격하지는 않는다고 알고 있다.

고래를 소재로 한 유명한 소설 '모비딕'의 모델이 범고래이기는 하지만 말이다.

하지만 던전에서 나온 것으로 추정되는 고래 마수는 떼를 지어 돌아다니면서 배란 배는 모두 공격해서 부수고 인간들을 잡아먹는 흉악한 마수들이다.

백작이 넘겨준 자료에 따르면 해저 던전이 생긴 이후에만 대형선 22척, 중형선 83척, 소형선은 수를 헤아릴 수 없을 정도로 부서졌고 생존자는 극소수라고 했다. 고래 마수는 최소 20마리 이상이 무리를 지어 사냥을 한 것이다.

중형선부터는 마법진으로 선체를 강화하고 경량화를 시킨 데다가 마정석을 구동원으로 하는 스크루를 사용하기 때문에 항해 속도가 엄청나게 빠르지만 고래 마수들을 피하는 것은 거의 불가능했다고 한다.

다이트 제국 측은 세 차례에 걸쳐서 마력포를 장착한 대형 전함을 동원해서 사냥에 나섰지만 몇 마리만 죽였을 뿐 화가 난 놈들의 공격에 거의 전멸해 버렸다.

덕분에 향신료의 주산지인 파노라마 열도 전체가 봉쇄되어 버렸고 제국은 향신료 부족 문제를, 열도의 주민들은 식량 문제에 직면했는데 지금이 거의 한계라고 했다.

'확실히 일반적인 방법으로는 사냥하기가 힘들겠네.'

하지만 가온이 이 의뢰를 받아들이기로 한 건 자신이 있기 때문이다.

'거대화 스킬을 사용하면 돼!'

거대화를 한 상태에서도 '인어의 후예' 칭호 효과가 발동하기 때문에 물속에서도 뭍만큼은 아니지만 자유롭게 호흡하고 움직일 수 있었다.

거기에 90% 후반에 이르는 수 속성력을 고려하면 약간의 적응 시간만 가지면 편하게 수중에서 활동할 수 있었다.

수중에서의 시야 확보는 심안으로, 탐색은 카오스가 해 줄 수 있기에 걱정은 없었다.

그리고 마침 소환한 정령들이 아까 봤던 것과 다른 한 무리의 고래 마수를 발견했다고 알려 왔다.

'일단 한곳으로 모아 볼까!'

가온은 숨을 쉬러 수면으로 올라온 한 무리의 고래 마수를 공격하기로 했다.

일단 가볍게 창 한 자루를 꺼내 막 분수공을 통해 물보라를 뿜어내고 있는 고래 마수의 머리를 향해 던졌다. 뇌의 위치는 노련한 사냥꾼의 눈 칭호가 붉은색으로 알려 주었다.

푸욱!

마나가 주입된 창은 두꺼운 생체 보호막을 뚫고 놈의 머리 부분에 깊이 박혔다. 아무리 마수가 되었다고 해도 하늘에서 아래를 향해 던지는 창을 피하거나 막을 재주는 없었기 때문이다.

그런데 놀랍게도 놈은 머리 부위에 창이 깊이 꽂히자 분노한 듯 거칠고 격렬하게 난동을 피웠지만 죽지는 않았다.

'대단하네.'

지방층이 워낙 두껍기도 하지만 뇌가 아주 커서 창이 꽂힌 것만으로는 죽일 수 없는 것 같았다.

'하지만 그렇다고 죽일 수 없는 건 아니지.'

다시 창 한 자루를 꺼낸 가온이 음속성과 양속성의 화기를 토기와 함께 적절하게 주입한 후 근력과 염력을 이용해서 아까보다 더 강하게 던졌다.

푸욱!

허공에 긴 선의 잔상을 남긴 붉은 창은 여전히 난동을 피우는 고래 마수의 머리통에 다시 꽂혔는데 이번에는 결과가 달랐다.

꽈아앙!

고래 마수의 거대한 머리통이 순식간에 산산조각이 나 버렸다.

그리고 머리 부분이 사라진 고래 마수는 더 이상 움직이지 못했다.

-그렇게 어렵게 사냥할 필요가 없을 것 같은데.

녹스였다.

'그럼 넌 어떻게 사냥할래?'

-콧구멍을 통해 공기를 빨아들일 때 신경독을 집어넣으면 간단하게 죽일 수 있어.

생각해 보니 그럴 수 있을 것도 같았다.

'한번 해 봐.'

예전 같았으면 뭐든 자신의 힘으로 하려고 했을 테지만 어느 순간부터 전사들이나 정령들의 전투 경험을 위해서 양보하는 경우가 많아졌다.

녹스는 가온이 자신의 의견을 들어준 것이 기쁜지 빠르게 고래 마수들을 향해 날아 내려갔다. 그리고 이제 막 머리 위에 난 분수공을 통해 대량의 공기를 빨아들이는 고래 마수에게 접근해서 독을 썼다.

대여섯 번 정도 호흡한 고래 마수는 다시 물속으로 들어갔지만 이내 수면 위로 떠올랐다.

별로 난동도 피우지 않고 몇 번 지느러미를 움직이는 것 같더니 움직임이 완전히 멈추었다.

ㅡ어때?

녹스가 의기양양한 얼굴로 물었다.

'잘했어! 그런데 사용한 독의 양은 어느 정도였어?'

ㅡ그게, 꽤 많았어. 심장이 워낙 커서 그런지 독의 양도 엄청 많이 필요하네.

'그럴 줄 알았어. 네 독 능력은 인정하지만 저런 덩치의 고래 마수를 상대로 독을 사용하는 건 너무 아까워.'

ㅡ쳇! 나도 그렇게 생각해.

녹스가 인정을 하고 사냥할 생각을 접자 이번에는 카우마가 나섰다.

ㅡ제가 한번 해 볼게요.

'어떻게 하려고?'

–초고열수를 이용하려고요.

그렇게 말한 카우마는 고래 마수의 주위를 초고열수로 바꿨는데 놈이 생체 보호막은 물론 질기고 두꺼운 피부를 파고드는 뜨거운 열기에 발광을 하는 바람에 실패했다.

마누도 도전했다. 그녀는 수면 위로 올라온 고래 마수에게 전격을 가했는데 거의 5분 이상 계속 감전 상태가 지속되어야만 겨우 놈을 죽일 수 있었다. 워낙 몸집이 큰 데다가 뇌와 심장이 굵고 단단한 뼈와 두꺼운 지방층 깊은 곳에 자리하고 있었기 때문이었다.

가온이 기대하던 카오스는 도전하지 않았다.

–귀찮아!

시크한 매력이 넘치는 카오스다운 대답이었지만 실은 그녀의 원소 능력으로도 가온이 사용한 폭발 창에 해당하는 위력을 발휘할 수 없었기 때문이었다.

상급에서 최상급 정령에 해당하는 능력을 가진 정령들에게도 몸길이가 평균 25미터에 몸무게는 평균 30톤에 달하는 거대한 고래 마수를 사냥하는 것은 결코 쉬운 일이 아니었다.

'너희들은 고래 마수만 찾아 줘. 처리는 내가 할 테니까.'

차원 의뢰에서 마지막 던전을 자신들만의 능력으로 공략한 정령들은 한껏 자신감이 차 있었지만 고래 마수를 상대로는 많은 힘을 써야 한다는 사실을 깨닫자 바로 사냥을 포기했다.

가온은 그 자리에서만 12마리를 폭발 창으로 해치웠다. 나머지는 이미 호흡을 마치고 멀리 도망을 쳐 버린 것이다.

사체는 당연히 챙겼다. 어마어마한 식성을 자랑하는 마충들의 먹이로 활용해도 좋지만 엄청난 양의 지방을 가진 놈들이라서 언젠가 쓸 때가 있을 것 같았다.

거대화 스킬을 활성화한 가온은 체고가 무려 15미터나 되는 거인으로 변했다.

S급으로 진화한 거대화 스킬은 1분당 마나 10을 소모할 뿐이기에 마음만 먹으면 하루 종일 이 상태로 지낼 수 있었다.

그렇게 거인으로 변한 가온이 입수를 하자 당연하게 손가락과 발가락 사이에 피막이 생겼고 귀밑에 아가미까지 생겨서 호흡이나 움직이는 데 전혀 문제가 없었다.

온몸에 북실북실하게 난 털이 젖는 것이 좀 신경이 쓰일 뿐이었다.

그 상태로도 사냥이 가능하지만 가온은 아이템 하나를 더 꺼냈다. 바로 트리플 블레이드 스크루였다.

바로 아이템을 두 발에 장착한 가온이 마나를 사용해서 활성화하자 그의 몸은 놀라울 정도로 빠르게 물을 가르며 나아갔다.

고속으로 움직일 때 머리가 받는 압력은 파르가 충분히 감당할 수 있었기에 마음 놓고 물속을 돌아다닐 수 있었다.

사방으로 흩어진 정령들은 금방 고래 마수 무리를 찾아냈다.

가온은 가장 먼저 발견한 고래 마수를 상대로 수기를 응집해서 만든 창을 사용해 봤는데 속도나 관통력은 아주 마음에 들었지만, 단숨에 고래 마수의 숨통을 끊을 수는 없었다. 급소인 뇌와 심장이 그만큼 컸기 때문이다.

'그렇다면 수기로 형상을 만들고 내부를 화기로 채우자!'

금속 무기에 토기를 중심으로 음속성과 양속성의 화기를 적절하게 주입하는 건 이제 어렵지 않았지만 일단 수기로 형상을 만드는 과정이 추가되자 난이도가 확 올라갔다.

그래도 못 만들 것은 없었다. 만드는 속도가 느릴 뿐이었다.

가온은 아공간에 가득 쌓인 창을 사용하려고 했지만 마나 운용력을 높일 절호의 기회라고 생각해서 일부러 수폭창(水爆槍)이라고 이름 붙인 창을 만들어서 고래 마수의 뇌나 심장을 폭발시키는 방식으로 사냥을 시작했다.

처음에는 만드는 데 시간이 걸려서 오히려 고래 마수의 공격을 받기도 했지만 트리플 블레이드 스크루 덕분에 재빨리 피할 수 있었다.

그렇게 놈들의 공격을 피해 도망을 치면서 수폭창을 만들어 던지는 방식으로 사냥을 하던 가온은 세 번째 무리를 사냥할 때는 더 이상 도망을 치지 않았다. 그만큼 수폭창을 만드는 속도가 비약적으로 빨라졌기 때문이다.

이게 난이도는 높지만 수백 번 반복하자 어느 순간부터 난이도가 낮아져서 염력까지 사용해서 한 번에 두 자루씩 날려 보낼 수도 있었다.

수폭창은 내부에 화기가 담겨 있었지만 수기로 만든 창이라서 물의 저항을 전혀 받지 않았다. 거기에 염력까지 사용했기에 거대한 몸집을 가진 고래 마수들은 절대로 피할 수 없었다.

일단 무리만 찾아내면 사냥은 순식간이었다. 사체를 아공간에 집어넣는 것과 비슷한 시간이면 20마리에서 40마리로 이루어진 고래 마수 무리를 사냥할 수 있었다.

가온은 그렇게 정령들의 도움을 받아서 단 이틀 만에 던전을 빠져나와서 열도 곳곳에 퍼져 있는 고래 마수 무리를 모조리 소탕하는 데 성공했다.

'이제 던전만 남았네.'

예상한 대로 던전 안도 바다 환경이었다. 그것도 생각보다 규모가 커서 열도 전체의 넓이와 비슷한 것 같았다.

'일단 차원석부터 찾아봐!'

가온의 말에 정령들이 일제히 흩어졌다.

수심을 확인해 보니 대략 300미터 정도로 그리 깊은 바다는 아니지만 이상하게 부유물이 많아서 상당히 혼탁했다.

'수중에서의 시야야 별 상관이 없지.'

심안 스킬을 사용하면 전혀 문제가 되지 않는다.

얼마 후 카오스가 의념을 보내왔다.

ㅡ여기 차원석이 있어!

'어디야?'

ㅡ던전 북동쪽에 있는 암반 지대의 중앙에 박혀 있어.

'보스는 근처에 있어?'

ㅡ응. 내가 녀석의 모습을 전해 줄게.

진화를 거듭한 정령들은 가온과 영혼이 연결되어 있기 때문에 의념은 물론 자신이 보고 듣는 것까지 실시간으로 전해 줄 수 있었다.

카오스가 전해 준 보스의 이미지는 엄청났다.

'무시무시하네.'

몸길이는 대략 100여 미터에 몸무게는 150톤 정도로 추정되는 엄청난 고래 마수의 머리에는 굵고 긴 세 개의 뿔이 있었는데 양의 뿔처럼 구부러져 있었고 날카로운 끝부분에는 시퍼런 뇌전이 뭉쳐 있었다.

'전격 능력까지 가지고 있군.'

거대한 몸체를 생각하면 수폭창으로 숨통을 끊을 수 있을

지 모르겠다. 고래 마수의 지방층은 지구의 고래와 달리 1미터가 훨씬 넘었고 급소인 뇌와 심장은 너무 컸다.

다행하게도 보스는 다른 던전의 보스들과 마찬가지로 차원석을 입에 문 상태로 차원석의 기운을 흡수하느라고 주위에는 아무런 관심도 주지 않고 있었다.

'다들 돌아와!'

일단 정령들을 불러 모은 가온은 새로운 임무를 주었다.

'카우마는 던전 입구에 초고열을 가해서 마수들이 더 이상 빠져나가지 못하도록 막아 주고, 녹스는 고래 마수들이 보이는 대로 중독을 시켜. 마비독이면 돼. 마누는 나와 함께 움직이면서 카오스가 찾은 고래 마수에게 전격을 가해서 몸을 잠깐만 경직시켜 줘.'

보스를 찾는 과정에서 발견한 고래 마수의 수는 대략 2천여 마리에 달했다. 생각보다 이곳의 바다에는 영양 성분이 많아서 그런지 놈들의 먹이가 되는 물고기가 엄청나게 많았다.

'나중에 구울의 먹이로 주면 되겠네.'

드디어 사냥이 시작되었다.

일단 카오스가 고래 마수 무리를 발견하면 곧바로 녹스가 놈들을 중독을 시켜서 움직임을 둔화시켰고 마누가 무리 전체를 영역으로 전격을 방출해서 놈들을 경직시켰다. 그럼 가온이 수폭창을 던져서 마무리를 하면 된다.

그런데 생각하지 못한 것이 있었다. 몸이 워낙 거대했던 만큼 중독 효과가 미진했고 전격을 통한 감전 효과가 그리 크지 않았다.

그때 카오스가 자신도 몰랐던 능력을 발휘했다.

'내 오행영역과 비슷한 영역을 만들 수 있다니!'

급소에 수폭창을 맞은 놈은 뇌나 심장이 터져도 잠깐이지만 엄청나게 몸부림을 친다. 그래서 다른 놈들이 누가 자신들을 공격한다는 사실을 알아차리는 것이다.

마수가 되면서 공격성이 크게 높아진 고래 마수들은 동료의 죽음에도 덤벼들기 일쑤였는데, 한두 마리가 아니라서 강력한 물의 흐름에 거대화한 가온조차 몸의 균형을 잡기가 힘들었다.

그래서 던전 밖에서는 삼중 깃 스크루를 이용해서 빠르게 도망을 치면서 한 마리씩 처리할 수밖에 없었는데 카오스가 파동이 밖으로 전혀 전해지지 않는 거대한 영역을 만들어서 수폭창의 목표가 된 놈을 가둬 버린 덕분에 다른 놈들은 무슨 일이 벌어지는지 전혀 알지 못했다.

덕분에 녹스와 마누는 이제 탐색 임무를 맡았고 가온과 카오스는 협력해서 사냥에만 전념했다. 그러니 사냥 속도가 빨라질 수밖에 없었다.

거기에 수폭창을 만드는 시간이 짧아지자 가온은 한 번에 두 개를 만드는 데 성공했는데 카오스 역시 물 감옥을 그에 맞추어 두 개로 만들었다.

나중에는 세 개까지 만들 수 있게 되면서 사냥 속도는 더욱 빨라졌다.

그 결과 불과 3시간도 되지 않아서 보스를 제외한 고래 마수는 전부 사냥할 수 있었다.

마지막 남은 목표인 보스는 가온 일행이 접근하는 순간 바로 알아차렸다.

입에 물고 있던 차원석을 아예 삼켜 버린 놈은 강렬한 초음파를 방출했는데 매질인 물을 타고 순식간에 가온 일행을 덮쳤다.

"끄윽!"

급하게 만든 보호막과 외피부가 되어 있는 파르에도 불구하고 가온은 머릿속까지 파고든 강한 음파에 기절할 뻔했다.

'단순한 초음파가 아니라 마기까지 섞여 있어!'

물리적인 몸을 가지지 않은 정령들까지 큰 타격을 받을 정도로 강력한 초음파였다.

가온은 수막을 몇 겹이나 만들어서 추가 초음파에 대비하고 바로 수폭창 세 자루를 만들어서 급소인 머리를 향해 날렸다.

근력에 염력이 추가되어서 엄청나게 빠른 속도로 날아간 수폭창은 보스의 머리를 뚫지 못했다.

놈이 초음파를 연속해서 방출하는 것으로 수폭창을 도중에 폭발하게 만들었기 때문이다.

하지만 그건 힘겨운 전투의 예고편에 불과했다.

흐으읍!

보스의 거대한 입이 벌어지면서 물을 빨아들이기 시작하자 엄청난 흡입력이 발생해서 가온의 몸을 끌어당겼다.

거대화한 몸이지만 물속에 떠 있는 상태라서 딱히 지지할 것이 없었기 때문에 주위의 물과 함께 빠르게 놈의 심연처럼 깊고 거대한 입을 행해 빨려 들어가기 시작했다.

가온은 안간힘을 써서 몸을 거꾸로 돌린 후 삼중 깃 스크루를 최대로 가동해서 흡인력에 대항했는데 그럼에도 조금씩 몸이 고래 마수 쪽으로 이동하고 있었다.

결국 가온의 몸이 고래 마수의 거대한 입안으로 빨려 들어가기 직전에 마누가 움직였다.

지지지짓!

보스의 거대한 동체가 순간 시퍼런 뇌전에 휩싸였다. 마누가 뇌전의 출력을 최대로 높인 것이다.

가온은 흡인력이 약해진 것을 느낀 순간 공간 이동술을 연속해서 쓴 덕분에 겨우 놈과 멀리 떨어질 수 있었다.

'마누, 고마워!'

보스는 입만 거대한 것이 아니라 삼각형의 뾰족한 이빨을 가지고 있어서 아마 빨려 들어갔다면 몸이 갈기갈기 찢겼을 것이다.

하지만 안심도 잠시였다. 보스의 거대한 동체를 감쌌던 시퍼런 뇌전이 눈에 띄게 약해졌기 때문이다.

ー으아악! 보스가 전격을 흡수하고 있어요!

마누가 비명을 질렀다. 보스는 그냥 전격을 쓰는 능력만 가진 것이 아니라 전격까지 흡수할 수 있었다.

'그만하고 도망쳐!'

다행하게도 놈은 마누에게 더 이상 관심을 보이지 않았다. 놈의 살기 가득한 눈을 가온에게 고정되어 있었다.

슈악!

보스의 거대한 지느러미들이 움직인다 싶었던 순간 눈앞이 시커멓게 변했다. 보스의 거대한 동체가 바로 눈앞에 나타난 것이다.

'공간 이동술까지 쓴다고?'

그런 생각을 하는 순간 가온의 몸이 사라지기 무섭게 수백 보 떨어진 곳에 나타났다. 반사적으로 공간 이동술을 사용한 것이다.

하지만 고래 마수도 만만치 않았다. 가온을 따라 공간 이동을 했는데 워낙 몸집이 거대하다 보니 나타나는 순간 강하고 빠른 물결이 퍼지면서 오러 블레이드를 만들 거나 영술을 발현할 여유가 없었다.

가온은 연속해서 공간 이동술을 펼치는 한편 고래 마수 보스를 상대할 방법을 고민했다.

'선와술로 가능할까?'

일단 시도는 해 봐야 했다.

'마누, 잠깐만 놈을 경직시켜 줘!'

츠즈즈즉!

막 공간 이동을 해 온 보스의 몸이 시퍼런 전격에 휩싸였다. 놈은 곧바로 전격을 흡수했지만 가온에게는 그 짧은 시간이 필요했다.

거대한 와류가 빠르게 뇌전이 사라지고 있는 고래 마수 보스를 덮쳤다. 그리고 놈을 빨아들이기 시작했다.

'된, 이런!'

놈이 방출한 초음파가 강력한 흡인력을 가진 영력파의 소용돌이를 찢어 버렸다.

비도술부터 시작해서 익힌 영술을 모조리 떠올려 봐도 마땅한 것이 없었다.

가온은 일단 시간을 벌기 위해서 놈을 향해서 뇌룡의 폭주 스킬을 사용했다.

츠즈즈즉!

굵은 뇌전 다발이 수면 위에서 떨어져 물을 타고 막 가온 쪽을 노려보던 놈의 거대한 몸을 직격했다.

꾸우우우웅!

공격용이 아니라 고통을 호소하는 초음파였음에도 골이

지근거릴 정도로 강력한 충격을 주었지만 덕분에 한 가지 가능성을 떠올릴 수 있었다.

'어떻게든 저 두꺼운 지방층을 통과할 수 있는 공격을 가하면 되는 거잖아!'

가온은 초음파의 충격에도 불구하고 정신을 집중해서 기존에 가지고 있던 것과 차원 의뢰의 보상으로 받은 스킬 진화권을 사용해서 침투경 스킬의 등급을 두 단계 올렸다. B등급이었던 침투경 스킬은 이제 S급이 되었다.

급하게 침투경 스킬의 내용을 확인했지만 변한 것은 등급이 오른 것밖에 없었지만 가온은 침투경의 위력이 아주 강력해졌음을 확신할 수 있었다.

뇌룡의 질주 스킬로 인한 전격이 빠르게 사라지는 찰나 가온의 몸이 공간 이동을 해서 보스의 머리 위에 나타났다. 그리고 얼마나 많은 음양기가 모였는지 손바닥 형상의 오러가 생겨난 그의 손이 뇌가 있는 부분을 가볍게 쳤다.

심장은 4미터가 넘는 두꺼운 지방층으로 둘러싸여 있었지만 뇌는 1미터 정도의 지방층과 굵고 단단한 뼈로 둘러싸여 있어서 침투경의 목표가 된 것이다.

그 순간 고래 마수의 세 뿔에서 백광이 번뜩이며 엄청난 전격이 가온을 향해 방출되었다.

피할 여유는 전혀 없었다. 워낙 거리가 가깝기도 했지만 전격의 속도가 너무 빨랐기 때문이다.

'마누, 파워 드레인!'

가온은 보스가 자신을 향해 방출한 전격이 자연의 벼락만큼이나 위험한 초고압 전류라는 사실을 인지한 즉시 마누를 부르는 동시에 파워 드레인 스킬을 펼쳤다.

반경 5미터 이내의 물체가 가지고 있는 에너지를 흡수할 수 있는 파워 드레인 스킬은 상대가 그 범위를 벗어나면 무용지물이 되지만 지금처럼 전격이 감전을 시키는 경우에는 아주 훌륭한 대처였다.

전격이 체내로 들어오는 순간 가온은 머릿속이 하얗게 변하고 몸이 뻣뻣해졌지만 파워 드레인 스킬은 놀라울 정도로 빠르게 엄청난 전격을 흡수하고 있었다. 마누 역시 그의 곁에 나타나서 걸신들린 것처럼 전격을 흡수하고 있었다.

얼마 후 몸을 움직일 수 있게 된 가온은 온몸에 활력이 충만한 것을 느낄 수 있었다.

파워 드레인 스킬로 흡수한 초고압의 전기는 이미 음양기로 변환되어 마나오션에 쌓이고 있었다.

그럼에도 불구하고 가온은 여전히 파워 드레인 스킬을 유지했다. 보스가 보유한 마기는 물론 정혈까지 쏙쏙 흡수할 생각이었다.

하지만 그런 의도는 무산되었다.

우우우웅.

고래 마수는 갑자기 발광하듯 몸을 뒤틀었다. 살기로 가득했던 동공은 어지럽게 돌아갔고 사라져 가던 전격은 여전히 놈의 몸을 지지고 있었다.

침투경 공격을 가한 직후 연거푸 공간 이동술을 펼친 가온은 멀리 떨어진 곳에 있었지만 보스의 발광으로 인한 거센 물살에 제대로 균형을 잡기가 힘들었다.

'아무래도 불안하네!'

결국 위험을 각오한 가온은 카오스에게 자신 쪽에 물 벽을 세워 달라고 부탁한 후 공간 이동술을 펼쳐서 물 벽 바로 뒤에 나타났다. 그리고 곧바로 보스를 향해 손가락을 쭉 뻗고 수기로 이루어진 마나탄을 연속해서 발사했다.

파바바밧!

수기로 이루어진 덕분에 물의 저항을 거의 받지 않는 마나탄들은 고래 마수 보스의 머리 부분을 파고들었다. 놈이 발광을 하고 있어서 정확하게 맞히는 것은 어려웠지만 염력으로 조종을 한 것이다.

거의 열 번, 즉 100발에 달하는 마나탄이 머리 부위에 빼곡한 구멍을 뚫고 나서야 고래 마수 보스의 움직임이 멈추었다.

'어마어마한 놈이었어!'

가온은 놈의 사체에서 차원석을 빼내면서 아주 강력한 공격기가 필요하다는 생각을 했다.

'만화에서 본 원기옥 같은 공격 수단이 필요해!'

SS등급으로 진화시킨 마나탄의 경우 2레벨인 지금은 2만에 달하는 마나를 초당 2만 킬로미터의 속도로 발출할 수 있지만 이 고래 마수처럼 거대한 몸집에 방어력이 높은 상대를 단발 혹은 한 번에 처리할 수는 없었다.

세 번째 차원 의뢰

다이트 제국의 황궁.

병석에 누워 있는 황제를 대신해서 정무를 보던 대황녀는 알피드 백작과 통신을 하고 있었다.

"백작, 던전은 확실하게 사라졌나요?"

-잠수에 능한 어부들을 통해 확인했습니다. 또한 파노라마 열도에서 출발한 상선들도 아무 일 없이 입항했습니다. 고래 마수가 출현했다는 정보는 그 어디에서도 보고되지 않았습니다.

"이렇게 빨리 던전을 공략하다니 실로 대단한 능력을 가진 자로군."

-저도 놀랐습니다. 이렇게 빨리 해저 던전을 공략한 것은

물론 고래 마수들을 모조리 사냥했다니 말입니다.

"황궁에는 언제 들른다고 하던가?"

-이틀 후, 아침에 방문하겠다고 했습니다. 그런데 이번 기회에 그를 붙잡아 두면 어떻겠습니까? 따로 알아보니 5국 연합에서는 기사의 스승으로 불리는 나크 훈 경과 최근 7서 클에 올랐다고 알려진 볼코트 마법사의 공동 제자로 정체가 밝혀지지 않은 조력자 혹은 세력을 따로 거느리고 있다고 합니다.

"시도할 생각은 있지만 그는 받아들이지 않을 거예요. 일 전에 말한 것처럼 아그레시아 왕국과 툴람 왕국에서 이미 백작위와 영지를 내리겠다고 제의했지만 거부했다고 들었거든요."

-그, 그런! 하지만 5국 연합과 우리 제국의 귀족 작위는 비교할 수도 없습니다!

"지금까지의 행보를 보면 권력을 탐하는 자는 아닌 것 같아요. 정보국의 판단도 그렇고."

-하지만 다른 왕국이나 제국으로 갈 경우 너무 위험한 존재입니다.

"그건 염려하지 않아도 될 것 같네요. 그는 차원 의뢰를 염두에 두고 움직이는 것 같으니까 말이에요."

-그런 거라면 그나마 다행이지만 어떤 면에서는 무척 위험한 인물입니다.

알피드 백작은 마지막까지 불안함을 감추지 못했지만 황녀는 온 훈이라는 인물이 위험한 존재라고 생각하지 않았다.

'하지만 제국이 필요할 때 부릴 수 없다는 것이 아쉬울 정도의 능력자지. 영입을 할 수 없다면 최소한 그와 척지면 안 돼!'

그건 그녀를 지근거리에서 호위하는 메이슨도 동의했다.

"정말 놀라운 자입니다! 기사단이나 마탑을 포함해서 제국의 그 어떤 무력 단체도 이렇게 빨리 해저에 있는 던전을 공략하고 열도 전역에 퍼져 있는 고래 마수를 처리할 수는 없습니다!"

정확히 이틀 만에 의뢰를 완수한 것은 메이슨을 경악하게 만든 것이다.

"블랙펄 상단의 움직임은 어떤가요?"

"저희와 비슷하게 해당 정보를 입수했는지 서둘러 창고에 쌓아 두었던 향신료를 반출해서 예전에 비해서 두 배 정도의 가격에 판매하고 있다고 합니다."

"우리 물건은 풀었죠?"

"그렇습니다. 덕분에 현재 향신료 시세는 예전의 절반 수준까지 내려왔습니다. 블랙펄 상단의 경우 보유한 향신료의 7할은 해저 던전에 대한 정보가 알려진 이후에 시세보다 훨씬 높은 가격에 급하게 구입했기 때문에 이번에 손해가 막심할 겁니다."

대황녀는 메이슨의 대답에 흐뭇한 얼굴이 되었다.

"이번 기회에 정말 손해가 막심했으면 좋겠어요. 감히 향신료 가격을 올릴 생각으로 열도와 제국 사이에 대규모 마나 교란진을 펼치다니! 온 클랜이 아니었다면 안 그래도 제국 경제에 막강한 영향력을 휘두르고 있는 블랙펄 상단이 또다시 폭리를 취하고 제국 경제를 파탄 낼 수 있었어요!"

"텔레포트 마법진 가동을 방해하는 대규모 마나 교란진에 대한 소문도 은밀하게 퍼지도록 했으니 귀족들의 분노가 블랙펄 상단으로 쏠릴 겁니다."

"이 기회에 블랙펄 상단을 뒤에서 지원하는 고위급 귀족들도 함께 큰 손해를 받았으면 좋겠네요."

"그럴 겁니다. 그들 역시 블랙펄 상단과 발을 맞추어서 급하게 높은 가격으로 향신료를 사들였으니까요. 사실 향신료는 귀족과 평민 자산가나 즐기는 기호 식품이라서 시장 자체가 크지 않아서 쉽게 급등한 만큼 쉽게 폭락할 겁니다."

"잘됐군요. 그나저나 그가 차원 의뢰를 수락해야 할 텐데 지난번에 보인 부정적인 태도가 걸리네요."

"온 훈이 아무리 능력이 뛰어나다고 해도 감히 대황녀 전하의 명을 거역하겠습니까?"

"메이슨 경은 아직도 그를 잘 모르는군요. 그는 어떤 상황에서도 벗어날 수 있는 능력이 있을 거예요. 그리고 강압이나 무력으로는 그의 마음을 움직일 수 없어요."

메이슨이 생각해 보니 지난번에 봤을 때 태도가 너무 당당했다.

예의는 잃지 않았지만 제국을 임시로 통치하는 대황녀의 면전에서도 전혀 떨거나 긴장을 하지 않았다.

"그의 스승 중 한 명이 7서클 마도사라면 텔레포트 스크롤을 가지고 있을 수도 있겠군요. 혹시 모르니 접견실에 마나 억제 마법진을 미리 펼쳐 두겠습니다!"

"혹시 모르니 그렇게 하세요. 그런데 그가 그 정도도 짐작하지 못할까요?"

"……다른 수가 있다는 말씀입니까?"

"그가 공식적으로 공략한 대형 던전만 해도 다섯 개가 넘어요. 하나하나가 왕국이 전력을 기울여야 공략할 수 있는 위험한 던전이었지요. 게다가 차원 의뢰를 두 번이나 수행했고요. 보고에 따르면 던전 공략에 따른 보상이나 차원 의뢰를 완수한 보상이 상상을 초월할 정도라고 해요. 그런 상황에서 벗어날 수 있는 수단을 가지고 있다고 생각해도 무방할 것 같아요."

"그럼 결국 어떻게 해서든 그를 설득해야겠군요."

"그래요. 황실 비고를 열어야 할지도 몰라요. 그 정도가 아니면 그를 움직일 수 없을 것 같아요."

"하지만 황실 비고는 황제 폐하께만 허락된 금지입니다."

황실 비고는 등급을 산정할 수 없는 귀물들만 모아 놓은 장소였다.

"인성과 무력은 물론 현자의 인정을 받을 정도로 영특한 3황자와, 서른이 갓 넘은 나이에 5서클 마법사가 된 5황녀는 나를 도와 도처에서 던전이 생기고 마수와 몬스터 들이 날뛰기 시작하는 이 혼란한 상황을 안정시킬 수 있는 재목들이에요. 반드시 안전하게 데려와야만 해요! 물론 끝까지 다른 내용으로 설득해 보고 정 안 되면 제 직권으로 허가할 생각이에요."

"부디 그가 황실의 전통을 깨지 않길 바랍니다."

메이슨도 대황녀의 말을 듣다 보니 비고의 보물만이 가온을 설득할 수 있을 것 같다는 생각을 하게 되었다.

❦

이틀 후.

다이트 제국의 황궁을 방문해서 대황녀를 만난 가온은 곧 짜증이 났다.

대황녀가 너무나 간곡하게 3황자와 5황녀의 구출 건을 의뢰했기 때문이다.

지난번에도 거부 의사를 드러냈다고 생각했는데 대황녀는 전혀 못 들었으며 당연히 가온이 해야 하는 일처럼 말했지만 당연히 거절했다.

혼자로는 역부족인 것을 느꼈는지 곁에 있던 메이슨 후작이라는 호위 기사까지 가세해서 설득을 했는데 완강하게 거절하자 그는 노골적으로 의뢰를 받아들이지 않으면 나머지 온 클랜원들에게 좋지 않은 일이 벌어질 거라고 협박을 했다.

'보상을 내주지도 않고 협박을 해?'

결국 가온은 살심(殺心)을 품었다.

'다 죽여 버려야겠다!'

나크 훈 스승님을 위시한 온 클랜원들의 안위로 이렇게 협박을 하는 것도 화가 났지만 접견실이 있는 본궁에 배치한 300여 명의 근위 기사들이 검을 들고 대기하는 것도 참을 수가 없었다.

"신뢰가 없는 것은 물론 생각이라는 것을 제대로 할 줄 모르는 분들이군요."

말을 꺼내기 전에 접견실을 자신의 오행영역으로 설정한 가온의 태도나 말은 담담했지만, 메이슨과 대황녀는 머리끝이 곤두섰다.

뭐라고 표현하기는 힘들지만 움직이는 순간 목이 떨어질 것 같은 강한 위기감이 엄습했기 때문이다.

"온 클랜원들의 목숨과 제국의 고귀한 분들의 목숨을 동일하게 생각할 줄은 몰랐습니다. 이런 얘기를 하시려면 차라리 제국의 현재와 미래에 아무런 도움도 되지 않는 인물들을 앞세우지 그랬습니까!"

가온의 말에 대황녀와 메이슨은 그가 살심을 품었다는 사실을 깨닫고 경악했지만 꼼짝도 할 수 없었다.

'으으윽! 몸을 제대로 움직일 수가 없어!'

아무리 악을 써도 마치 슬로 마법에 걸린 것처럼 몸이 제대로 움직여지지 않았다.

가온의 말이나 태도에는 살기가 전혀 느껴지지 않았지만 식은땀을 흘리고 있는 메이슨은 접견실이라는 공간이 이미 가온의 영역이 되었음을 알 수 있었다.

'잘못 생각했어!'

상대는 소드 마스터 최상급이 아니라 그랜드 마스터였다. 제국에 단 한 명밖에 없으며 이미 20년 전에 은퇴한 게트랑 공작만큼이나 강한 자였다.

'이런 자를 협박했다니!'

그랜드 마스터는 만인지적(萬人之敵)이다. 혼자서 능히 만 명을 상대할 수 있는 초강자라는 얘기다. 만 명이라는 건 숫자가 아니라 많음을 상징하기 때문에 무적이라는 의미를 담고 있었다.

그랜드 마스터는 단순히 무력만 강한 것이 아니라 일정 공간을 자신의 영역을 구축해서 그 안에서는 신과 같은 이적을 행할 수 있었다. 메이슨 후작은 그랜드 마스터인 게트랑 공작을 사사했기에 그 사실을 알 수 있었다.

"오오오해애애요요요!"

메이슨 후작이 피를 토하듯 목소리에 마나를 전력으로 담아서 소리쳤다.

"무슨 오해를 했다는 말씀입니까?"

일단 영역을 풀었다. 몸을 보호하는 보물을 착용한 상태지만 대황녀나 메이슨 후작이 움직임은 물론 제대로 말도 하지 못했기 때문이다.

"그대, 아니, 경이 아니면 해낼 수 없는 일이기도 하지만 그 의뢰를 완수하지 않으면 차원 융합의 속도가 빨라져서 제국은 물론 우리 차원에 닥친 위기가 심화되기 때문에 전하나 내가 부지불식중에 강한 위기감을 느꼈소. 너무나 경의 활약이 절실해서 그만 과하게 얘기를 하게 된 것이지 그럴 의도는 전혀 없었소!"

"후작의 말이 맞아요! 나, 나는 단지 제국의 혼란을 해결하는 데 반드시 필요한 3황자와 5황녀가 이대로 실종이 되어 버리면 쓰레기와 같은 다른 황자들에 의해서 제국이 무너지고 현재 진행되고 있는 차원 침식이 더욱 빨라질 거라는 생각에 너무 과도하게 얘기했어요. 사과하겠어요!"

대황녀까지 이렇게 나오자 가온은 살심을 거둘 수밖에 없었다.

사실 투하란 왕녀를 사랑하게 된 이후에 왕실과 왕족에 대한 이런저런 얘기를 들었는데, 그중에는 왕은 신의 의지를 받드는 존재라 신에게는 몰라도 인간에게는 그 어떤 사과도 하지 않는, 아니 못하는 존재라고 했다.

대황녀가 황제는 아니지만 현재 신분은 황제를 대리하고 있기 때문에 언행의 무게는 황제와 같다고 할 수 있었는데도 사과를 한 것이다.

"차원 침식 속도가 빨라질 수 있다는 말의 의미가 뭡니까?"

가온은 자신이 살심을 품었다는 사실을 아예 거론하지 않고 방금 황녀가 한 얘기에 대해서 물었다.

"3황자와 5황녀는 본 제국은 물론 대륙 전체를 봐도 초강자라고 할 수 있어요."

이제 마흔 살 정도인 3황자가 어릴 때부터 검술 천재로 알려졌으며 현재 실력은 익스퍼트 상급이라는 것과 서른세 살로 알려진 5황녀가 마법 천재로 그 나이에 벌써 5서클 마도사라는 얘기는 이미 들은 바 있다.

"두 동생은 고귀한 신분에도 불구하고 위험한 던전에 들어가기를 서슴지 않았으며 차원 이동이 가능한 징표를 얻은 후에는 본 제국민들을 포함한 수많은 인명을 차원 침식으로부터 구하기 위해서 차원 의뢰를 수행하기로 결심했어요. 그러다가 우연히 본 차원에 닥친 위기를 해결할 수 있는 중요한 의뢰를 찾을 수 있게 되었어요."

"우연히요?"

가온도 이미 두 번이나 차원 의뢰를 수행했다. 그때마다 자신에게 맞는 의뢰가 홀로그램으로 뜨는데 그와 비슷한 정보는 전혀 없었다.

대체 황자와 황녀는 해당 의뢰가 차원 침식과 중요한 관계가 있다는 사실을 어떻게 알았을까?

"다섯째는 일곱 살이었을 때 진실안을 각성했어요. 그리고 그 진실안으로 의뢰 내용의 뒤에 숨겨져 있던 내용까지 확인을 했어요."

심안과 비슷한 능력인데 각성을 했다고 하니 스킬이 아니라 특성에 가까운 것 같았다.

"어떤 내용이었습니까?"

"겉으로 드러난 등급과 달리 숨겨진 등급은 근원을 뜻하는 루트 등급이었다고 해요. 표면상의 목표가 아닌 이면의 목표를 달성할 경우 우리 차원과 연결이 된 모든 차원의 침식을 일정 기간 동안 멈출 수 있다는 설명이 부가되어 있었고요. 그래서 둘의 실력으로는 부족함이 있었지만 황실의 보물들을 소지하고 과감하게 그 의뢰를 선택했어요."

의뢰에 루트 등급이 있다는 것도 금시초문이지만 그 내용은 더욱 충격적이었다.

'일정 시간 동안 한 카테고리로 얽힌 차원 전체에서 진행되는 침식을 멈출 수 있다니!'

그런 의뢰가 있을 줄은 몰랐다.

'아! 그러고 보니 난 왜 의뢰 홀로그램을 볼 때 심안 스킬을 사용하지 않았을까?'

자신이 어나더 문두스의 히든 랭커면서 차원 의뢰에도 숨겨진 부분이 있을 거라는 생각을 전혀 하지 못한 것이다.

자신의 생각이 맞는다면 심안 스킬을 발동해도 의뢰의 이면에 숨겨진 진실을 파악할 수 있었을 것이다.

아무튼 대황녀의 설명을 들은 가온은 고민을 할 수밖에 없었다.

'지구와 탄 차원이 서로 연결된 것이 확실하다면 이 의뢰를 완수할 경우 탄 차원은 물론이고 이제 막 시작되고 있는 지구의 차원 융합을 막을 수 있어!'

일정 기간이 구체적으로 어느 정도의 기간을 뜻하는지는 알 수 없지만 적어도 차원 융합을 저지하거나 늦출 수 있는 여유를 확보할 수 있을 것이다.

지구의 경우 본신이 중국에서 생성된 던전을 공개했기 때문에 큰 혼란이 벌어졌지만 결국 차원 융합에 대한 진지한 연구가 시작됐다고 했다.

지구에는 화약 무기를 비롯한 최첨단 무기는 있지만 마나와 같은 에너지가 깃들지 않은 무기로는 오크도 쉽게 해치우기 어렵다.

그런데 아르테미인들의 도움으로 지구 입장에서는 미지의 힘이 깃든 르테인석이 내장된 특수한 캡슐에서 플레이를 하는 초랭커들조차 아직 현실에서 르테인, 즉 마나를 자유자재로 사용하지 못하는 상태다.

예지몽 속에서도 도처에 던전이 나타나고 브레이크가 발생하면서 엄청난 피해자가 나온 후에야 초랭커들이 던전에서 나온 마수와 몬스터를 사냥하기 시작했다.

'지구는 아직 시간이 필요해!'

본신의 안전을 위해서라도 이번 의뢰는 받아들일 필요가 있었다.

'어차피 등급도 올랐을 테니 이제부터는 위험한 의뢰만 나올 거야.'

이미 아이테르 차원에서 자신은 물론 아니테라의 전력을 몇 단계나 높였기에 자신도 있었다.

하지만 그냥 할 생각은 전혀 없었다.

"과연 제게 그런 의뢰가 배정될지는 알 수 없지만 보상이 합당하다고 생각되면 고려해 보도록 하지요."

"의뢰를 찾는 건 어렵지 않아요. 다섯째가 말하길 차원 용병의 등급 이하에 해당하는 의뢰는 원할 경우 얼마든지 열람할 수 있다고 했거든요."

그 말을 듣는 순간 가온은 자신이 정말 아무 생각 없이 차원 의뢰를 대했다는 반성을 했다.

자신은 그저 범차원 시스템이 자신에게 적합한 의뢰만 홀로그램으로 보여 준다고 생각해서 다른 의뢰가 더 있는지도 생각하지도 못한 것이다.

"보상은 이렇게 하지요. 해저 던전의 보상과 3황자와 5황녀를 구해 오는 의뢰에 대한 보상으로 황실 보고가 아닌 황실 비고에서 보물을 골라 가지고 나오는 것으로요. 참고로 황실 비고는 황제만이 들어갈 수 있어요."

보고보다 비고가 더 등급이 높은 모양인데 이상한 점이 있었다.

"황제 폐하만 들어갈 수 있는데 어떻게요?"

"그만큼 그대가 해야 하는 일이 제국은 물론 우리 세상에 중요하기 때문에 내린 결정이에요. 의뢰를 수락할 경우 기존 보상과 선금을 합해서 황실 비고에서 보물 세 점을 가지고 나올 수 있도록 할게요."

골드는 빠졌지만 보상의 내용은 업그레이드가 되었다.

가온은 더 욕심을 내도 대황녀의 입장에서는 들어줄 수밖에 없을 것 같다는 생각이 들었지만 이 정도로 만족하기로 했다.

"혹시 가지고 나올 수 없는 물건이 있습니까?"

"뭐든 상관없어요!"

"의뢰를 받아들이지요."

루트 등급이라는 말을 들은 순간부터 이 의뢰는 해야 한다고 생각하고 있던 가온은 비고의 보물에 혹한 것 같은 모습을 보이며 의뢰를 받아들였다.

"호호호! 잘됐어요!"

대황녀는 진심으로 기뻤다.

물의 마탑이 나서도 공략이 가능할지 알 수 없었던 난이도의 수중 던전을 단 며칠 만에 완벽하게 공략한 온 훈과 온 클랜의 능력이라면 3황자와 5황녀를 구해서 돌아오는 일도 충분히 해낼 것 같았다.

대황녀는 사전에 얘기한 것과 달리 온 훈의 스승과 다른 클랜원들을 끌어들여서 협박을 해서 온 훈을 분노하게 만든 메이슨 후작에게 원망의 눈길을 보냈다.

그 역시 자신의 잘못을 알고는 있는지 대황녀의 시선을 피했지만 등골이 서늘했다.

'근본이 용병이라 만족할 정도로 보상 수준을 높이면 되는 것을!'

아무튼 일이 잘 풀려서 다행이다. 잘못했으면 정말 다이트 제국이 결단이 나 버렸을 것이다.

수많은 불안 요소들이 태동하거나 이미 문제가 되고 있는 현재의 제국 상황에서 대황녀와 자신이 이곳에서 죽었다면 제국이 망하는 것은 순식간이다.

남은 황자나 황녀 들은 쓰레기나 다름없었고 중앙의 고위급 귀족들은 하나같이 상단의 뒷배가 되어 물욕을 채우기 바쁜, 배에 기름만 낀 머저리들밖에 없으니 말이다.

황실 비고에 들어간 가온은 처음에는 무척 황당했다.

보물 앞에 당연히 있어야 할 설명서가 보이지 않았기 때문이다. 달랑 이름이 새겨진 석패가 놓여 있는 게 고작일 뿐이었다.

가온은 짐짓 당황하고 실망한 모습을 숨어 있는 이들에게 보이며 잠시 후에 아무렇게나 고른 것처럼 보물 세 점을 선택했다.

'같잖은 짓을!'

화는 났지만 유일하게 황제에게만 허락된 보고에 들어간 자신에게 취할 수 있는 담당자의 유일한 복수 혹은 방해책일 것이기에 일부러 연기를 했다.

당연히 감정 스킬과 심안 스킬을 동시에 발동해서 아이템들의 가치를 파악해서 선택한 것이다.

아이템 합성석

등급 : Undefined
상세
−등급과 관계없이 두 아이템을 결합해서 새로운 아이템을 창조한다.
−5개 1세트.

설명은 단순했지만 가온이 생각하기에 꼭 필요한 아이템이었다.

다섯 개면 등급은 높지만 자신에겐 별로 유용하지 않은 아이템들의 가치를 높일 수 있었다.

흡발석(Absorption and emissin stone)

등급 : 전설
상세
-에너지를 흡수한 후 순화해서 다시 방출한다.
-흡발석 안에 에너지를 품고 있는 물체를 넣고 방출을 원하는 에너지와 영력을 동시에 주입하면 그 에너지를 방출한다.
-어느 경우나 반드시 영력이 필요하다.
-소모성 아이템(5회)

가온이 흡순석이라고 불렀던 아이템의 진짜 이름은 흡발석이었다.

아이테르 차원도 아닌 탄 차원에 흡발석이 있을 줄은 몰랐지만 이미 이 아이템의 놀라운 효능을 잘 알고 있는 가온은 이것을 보는 순간 고민하지도 않고 챙겼다.

'드디어 차원석에서 마나를 흡수할 수 있게 되었어!'

던전의 보스만이 가능하던 일을 이젠 자신도 할 수 있게 된 것이다.

티탄의 아머는 기본 형태는 팔찌였지만 '장착'이라는 의지를 세우는 순간 알아서 착용이 되는 매직 아이템이었다.

이제 아틀라스가 스스로 기동할 수 있기에 전투 효율을 위해서 감마급 타이탄을 타기로 한 가온은 이 아이템이라면 아틀라스에 못지않은 전투력을 발휘할 수 있을 것 같아서 골랐다.

원래 가온은 곧바로 차원 의뢰를 수행할 생각이 전혀 없었다.

수행을 겸해서 툴룸 왕국의 던전들을 공략하고 있는 스승님과 클랜원들도 한번 만나 보고 싶었고 이젠 제 갈 길을 찾아간 전 클랜원들도 찾아보고 싶었다.

무엇보다 한창 수련 중일 투하란을 찾아서 함께 움직일 생각이었다.

그녀에게는 그리 오랜 시간이 아니지만 벌써 의뢰를 두 번이나 수행한 자신은 체감상 몇 년이나 보지 못한 상황이니 말이다.

하지만 대황녀는 신분을 내려놓고 서둘러 달라고 부탁했다.

'뭐 시간의 흐름이 다르니까.'

이곳의 4일이면 그곳에서는 1년이 훨씬 넘는다. 대략 보름 전에 차원 의뢰를 수행한다고 사라졌다니 어림잡아서 건너간 차원에서는 4년 이상 지난 것이다. 당연히 대황녀가 몸이 달 수밖에 없었다.

'다른 황자나 황녀들이 그렇게 능력이 없나?'

탄 차원도 툴람 왕국의 경우가 아주 특별한 것이지 대개 왕위 혹은 황위를 놓고 혈육 간에 피를 보는 사례가 많았기에 의아해서 메이슨 후작에게 조심스럽게 물어봤다.

"3황자와 5황녀를 제외한 황자와 황녀들은 폭군이 되거나 허수아비가 될 것이 거의 확실하네."

메이슨 후작이 대답을 해 주었다.

"대황녀 전하가 있잖습니까?"

대황녀는 지금도 훌륭하게 황제의 빈 자리를 메우고 있었다.

"대황녀 전하는 배경이 없으시네."

"배경요?"

"그렇다네. 황제가 무소불위의 권한을 행사할 수 있는 것 같지만 받쳐 주는 세력이 있어야만 가능하네. 대황녀 전하와 3황자 그리고 5황녀의 모후는 오래전에 돌아가셨고, 출신 가문과 영지는 던전에서 나온 오우거 무리에 의해서 완전히 무너졌네."

능력 때문에 신뢰하는 것이 아니라 심지어 같은 어머니를 두고 있으니 대황녀가 믿을 수밖에 없는 것이다.

"그럼 현재 자리를 바탕으로 지지 세력을 만들면 되는 거 아닙니까?"

"다른 황자나 황녀들은 성정이 난폭하고 음탕할지언정 그 뒷배들은 바보가 아니네. 대황녀 전하의 경우 견제할 것이 거의 없고 형식적인 서열에 불과하지만 맏이이기 때문에 현재 자리를 용인한 걸세. 아마 다른 황자나 황녀가 나섰다면 집중적인 공격을 당했을 테고 제국은 순식간에 분열이 되었겠지."

대황녀는 상황 덕분에 현재 자리를 맡았을 뿐 실권이 거의 없는 상황인 것 같았다.

"그런 것치고는 재량권이 큰 것 같습니다만."

"그렇지가 않네."

"아무튼 알겠습니다. 할 일은 많지만 이렇게까지 원하시면 어쩔 수가 없지요."

굳이 골치 아픈 정치나 권력 얘기는 들을 필요가 없었다. 적어도 메이슨 후작은 거짓을 말하는 부류는 아니었으니 말이다.

"3황자와 5황녀가 의뢰에 대해서 남긴 것이 있을 텐데 보여 주십시오."

자신에게 두 사람을 구출해서 돌아오라는 의뢰를 하는 만큼 자료는 충분히 가지고 있을 것이다.

"이미 준비했네."

메이슨 후작은 품속에서 가죽 피지(皮紙) 두루마리를 꺼내 주었다.

두루마리를 펼친 가온은 고개를 끄덕였다. 누구의 아이디어인지는 몰라도 두 사람이 받은 의뢰의 내용이 정확하게 기재되어 있었다.

'확실히 숨은 내용이 더 있었군.'

황자와 황녀는 자신들이 맡은 의뢰를 포함하고 있는 상급의 의뢰와 내용까지 상세하게 기록해 두었다.

마툰 차원

가온은 5황녀가 선택한 차원 의뢰의 내용을 확인했다.

－이름 : 헤르나 드 다이트(옐로급)

－G-2044A162차원 출신으로 레드급 의뢰를 판정 기준을 초과해서 완수했기에 선택권을 획득함.

－총 12개의 의뢰에 적합합니다. 적합 판정이 내려진 의뢰를 선택하세요.

헤르나는 5황녀로 레드급 의뢰를 완료하고 옐로급이 된 모양인데 자신이 봤던 내용과 다른 점이 있었다.

'왜 적합한 의뢰가 12개나 되는 거지?'

자신의 경우 아이테르 차원과 관련된 의뢰의 경우 적합 판정을 받은 의뢰가 불과 네 개밖에 안 되었다.

하지만 그런 의문은 일단 접어 두고 다음 내용에 집중했다.

'이 의뢰군.'

의뢰 10

무대 : G-634Q1501차원(물질계)
등급 : 이타
내용 : 마신 라케움의 신전들을 모두 파괴하라.
보상 : 최소 200만 명예 포인트에 의뢰 완수에 따라 500%까지 차등 성과
　　　　 보상 지급

마신 라케움의 신전이 얼마나 많은지는 알 수 없지만 소드
마스터라면 충분히 해낼 수 있는 내용처럼 보였다.

그런데 그 아래쪽에 5황녀가 자신의 심안과 비슷한 능력
으로 들여다본 다른 내용의 의뢰가 더 있었다.

의뢰 : 히든
무대 : G-634Q1501차원(물질계)
등급 : 루트
내용 : 차원에 존재하는 모든 마신의 신전과 사도들을 모두 말살하라.
보상
－최소 1억 명예 포인트에 의뢰 완수에 따라 500%까지 차등 성과 보상 지급
－데미갓 급 이상의 아이템
－SS등급 스킬
－차원 용병이 속한 대차원계의 경우 침식이 공헌도만큼 멈춘다.

보상의 내용 자체가 아예 달랐다.

'그만큼 어렵다는 거겠지.'

특히 네 번째 보상이 가장 눈에 들어왔다.

'대차원계라면 탄 차원을 포함하고 있는 전체 차원계를 말하는 거겠구나.'

사실 시스템이 말하는 차원은 정확하게 규정할 수 없었다. 벼리도 차원이 항성계인지 은하계인지 혹은 그냥 행성 자체를 말하는 건지 알 수 없다고 했었다.

아무튼 아르테미인들의 지원으로 만들어진 어나더 문두스를 통해서 지구의 플레이어들이 탄 차원에서 활약을 하고 그 활약을 바탕으로 얻은 일종의 권리로 차원 용병이 될 수 있으니, 그 의뢰의 무대는 같은 차원이나 밀접하게 연관이 된 차원이 틀림없었다.

결론은 3황자와 5황녀가 맡은 의뢰를 포함하는 히든 의뢰를 완수하면 지구와 아르테미를 포함하는 대차원계의 차원 침식이 멈춘다는 것이다. 기간은 공헌도에 따른다고 하니 아직 알 수가 없고.

'이 의뢰만 완벽하게 마무리하면 나도, 지구의 본신도 한동안 시간적인 여유를 가질 수 있게 돼!'

굳이 대황녀의 의뢰가 아니었더라도 자신이 할 수밖에 없는 내용이었다.

'문제는 내 능력으로 가능한 의뢰냐 하는 거지만.'

가온은 시험 삼아서 차원 의뢰를 검색해 보기로 했다.

팔뚝에 새겨진 징표에 마나를 주입하고 문지르자 지난번과 비슷하게 시야가 블랙아웃되는가 싶더니 이내 자신이 광활한 우주의 한가운데 있다는 사실을 인지할 수 있었다.

잠시 기다리니 이전처럼 염파가 머릿속으로 전해졌다.

–이름 : 가온(퍼플급)

–C–218S414차원 출신으로 블루급 의뢰를 판정 기준을 한참 초과해서 완수했기에 선택권을 획득함

–총 37개의 의뢰에 적합합니다. 적합 판정이 내려진 의뢰를 선택하세요.

"있다!"

등급이 올라서 그런지 무려 37개의 의뢰가 등록되어 있었는데 그중에 다이트 제국의 3황자와 5황녀가 맡은 의뢰의 이면에 숨어 있던 의뢰가 있었다.

의뢰 27

무대 : G–634Q1501차원(물질계)
등급 : 프사이
내용 : 마신의 신전 중 가장 강한 교세를 자랑하는 바호벳의 신전과 사도들을 모두 말살하라
보상
–최소 3천만 명예 포인트에 의뢰 완수에 따라 500%까지 차등 성과 보상 지급

예지몽으로
히든랭커

황자와 황녀가 받은 의뢰와는 차이점이 좀 있었다.

일단 완수 시 받을 수 있는 기본 명예 포인트 보상이 3천만이었다.

'내 수준으로는 그리 어렵지 않다는 거군.'

그래도 지난번에 완수한 아이테르 차원의 의뢰 보상보다는 세 배가 더 높긴 했다.

머릿속에 떠오른 내용은 여기까지였지만 심안을 활성화해서 살펴본 내용은 조금, 아니 많이 달랐다.

의뢰 : 히든
무대 : G-634Q1501차원(물질계)
등급 : 루트
내용
-해당 차원에 존재하는 모든 마신의 신전과 사도들을 모두 말살하라
-해당 차원과 마계를 연결하는 포탈의 완성을 저지하라
보상
-최소 1억 명예 포인트에 의뢰 완수에 따라 1,000%까지 차등 성과 보상 지급
-갓급 이상의 아이템
-SSS등급 스킬
-차원 용병이 속한 대차원계의 경우 침식이 공헌도만큼 멈춘다.

의뢰 내용이 하나가 아니라 둘이었다. 그리고 내용이 하나 더 추가되어서 그런지 명예 포인트 보상이 1억으로 높아졌고 추가 보상의 경우 기본 보상의 1,000%까지로 확장되었다.

아이템과 스킬 보상도 추가되었는데 아이템 보상의 경우 데미갓급이 아니라 갓급이었고 스킬의 등급도 SS급이 아니라 SSS급이었다.

'마지막 내용은 동일하군.'

사실 이것 때문에 의뢰를 맡아야만 했다.

마음을 정했기에 굳이 다른 의뢰들까지 살펴볼 필요는 없었지만 일단 심안 스킬을 발동한 상태로 쭉 훑어봤다.

'보상 수준이 비슷한 것으로 보아 난이도도 비슷하겠군.'

선계나 마계 그리고 환계와 정령계까지 무대가 다양해서 호기심이 동했지만 그래도 물질계나 환계가 가장 익숙했다.

'좋아! 가자!'

결정을 내린 순간 가온의 몸이 홀연히 방 안에서 사라졌다.

눈이 쌓인 산속의 깊은 계곡에서 정신을 차린 가온은 인상을 찌푸렸다. 이번에도 역시 조언자는 배당되지 않은 것이다.

차원 이동 직후 예상했던 두통이 찾아왔다. 그리고 이곳에 대한 개략적인 정보가 전해졌다.

'시간의 흐름은 이전과 비슷하네.'

시간의 흐름 비율이 탄 차원 대비 1 : 100인 점은 지난번과 같았다.

'마툰 차원 혹은 행성이라…….'

한 개의 거대한 대륙과 네 개의 바다가 있는 마툰 차원은 마계로 추정되는 차원과 융합이 상당히 진행된 상황으로 인간을 포함한 아인종들은 오래전부터 던전에서 쏟아져 나와 이미 자리를 잡은 마수와 몬스터는 물론 마신을 추종하는 광신도들까지 상대를 해야만 했다.

마툰 행성은 지구의 수십 배에 달할 정도로 크기 때문에 대륙과 바다 역시 어마어마한 크기로 대략 수천억 명의 아인종이 살아가고 있다고 한다.

두 개의 태양과 세 개의 달이 있으며 하루의 길이는 대략 28시간에 1년은 500일 정도인데, 적도와 극지방 그리고 고산지대를 제외하고는 대부분 아열대 기후나 온대 기후라서 대부분의 지역에 아인종이 거주하고 있다.

마툰이 단순히 행성의 이름인지 아니면 이 행성을 포함한 차원의 이름인지는 알 수 없었다.

아이테르 차원의 경우 아이테르 행성에만 생명체가 존재하는지 이름이 동일했다.

'이곳의 신들 역시 힘을 쓸 수 없는 상황이고 그들의 사제들이 고군분투를 하고 있지만 마신의 추종자들과의 전쟁에서 패하는 바람에 교세가 크게 줄었군.'

마신들의 교세가 마른 풀에 불이 붙는 것처럼 퍼지고 있어 던전이 마계와 연결된 고정 포탈로 변하기 직전이라는 내용도 있었다.

'그나저나 왜 이런 곳으로 차원 이동을 한 거지?'

랜덤이기는 하지만 인적이 드문 설산의 깊은 계곡에서 일단 벗어나야만 했다.

바로 투명 날개를 장착한 가온이 하늘로 날아올랐다. 흡순석, 아니 흡발석으로 인한 기연을 통해서 육체의 내외부를 한계까지 단련했기에 추위와 한기는 파르가 아니더라도 거의 느끼지 못했다.

그가 있던 계곡을 벗어나자 엄청난 높이의 설산이 눈에 가득 들어왔다. 거대한 산맥 한가운데였던 모양이다.

'벗어나려면 꽤 시간이 걸리겠네.'

가온은 일단 카오스부터 불렀다.

—이곳은 또 어디야?

'마툰 차원이래.'

가온은 카오스에게 이곳에 대해서 대충 설명을 해 준 후 생물의 흔적을 찾아 달라고 부탁했다.

'남쪽으로 가야겠네.'

곧바로 고공으로 올라간 카오스가 전하길 북쪽은 설산이 끝없이 이어지는 데 반해서 남쪽은 흐릿하지만 녹색이 보였다고 했다.

가온은 천천히 기류를 타고 남쪽을 향해 날아갔다. 어차피 광폭한 기류들이 이리저리 움직이고 있어서 속도를 낼 수는 없었다.

1만 미터 높이의 고산들로 이루어진 산맥 안이라서 그런지 꽤 날아갔음에도 아래쪽에는 눈에 덮인 산밖에 없었다.

간혹 눈 사이로 보이는 건 거대한 바위들이 고작이었다. 수목 한계선을 벗어난 것인지 나무도 보이지 않았다.

그런데 계속 비행을 하다가 문득 이상한 점을 발견했다.

'왜 음양기가 빠르게 채워지지 않는 거지?'

현재 그의 음양신공 화후는 4레벨에 달해서 굳이 의식을 하지 않아도 느린 속도이기는 하지만 자동으로 운공이 되고 있다. 그렇기에 소모한 음양기는 바로바로 채워져야 하는데 그렇지 않은 것이다.

고공이라서 그런 것인지 몰라서 아래로 내려가서 확인을 해 봤는데 놀랍게도 대기 중의 마나 농도가 탄 차원의 4할, 즉 40%에도 못 미쳤다.

음양기도 마나에 해당되기에 영향을 받을 수밖에 없었다.

'뭐 이런 곳이 있어!'

아니, 마나의 농도가 이렇게 희박하다면 차원 의뢰에서 알려 줘야 할 것이 아닌가.

'3황자와 5황녀가 의뢰를 완수하지 못한 이유가 여기에 있었네!'

아무리 경지가 익스퍼트 상급에 5서클 마도사라고 하더라도 마나가 이렇게 희박한 곳이라면 고전할 수밖에 없었다.

물론 가온에게는 큰 문제가 아니었다.

흡발석을 통한 기연을 얻기 전이라면 굳이 연공을 하지 않아도 체내의 양기가 마기에 자연스럽게 반응을 해서 음양기로 전환되기 때문에 이상한 점을 느낄 수 없었을 테지만 남은 양기는 꽁꽁 숨어 버린 상태다.

마기도 음양기에 포함되어 연공을 통해 흡수한 후 음양기로 바꿀 수 있다. 한 단계를 더 거치면 되는 것이다.

이렇게 되면 먼저 확인할 것이 있었다. 이 차원의 주 에너지를 파악해야만 했다.

'신성력은?'

사용하는 데 아무런 문제가 없었다. 다만 마력의 경우 마나를 정제한 에너지라서 그런지 같은 문제가 있었다.

다음으로 확인한 것은 영력이었다.

'오! 결계와 흡발석을 통해 방출한 마기보다는 못하지만 무척 농밀해!'

뜻밖에도 이 차원은 물질계에 속함에도 불구하고 영력이 무척 농후했다.

마지막으로 확인한 것은 마기였다. 현재 상태창에서는 표시되지 않지만 마기는 정확하게 느낄 수 있기에 확인을 해 봤는데 놀랍게도 영력만큼 농후했다.

'마계에 연원을 둔 던전이 너무 많이 열려서 이렇게 된 건가?'

그럴 가능성이 아주 높았다. 그러니 마신들을 모시는 신전의 교세가 폭발적으로 활활 타오르는 것이리라.

'아무래도 마계와 연결된 던전들부터 닫아야 할 것 같네.'

의뢰의 목적을 생각하면 쓸데없는 짓인 것 같았지만 3황자와 5황녀의 경우처럼 차원 의뢰를 위해서 이곳에 넘어오는 이들이나 자신에게도 마기의 농도가 더 짙어지는 것은 막아야만 했다.

'이곳에 사는 생명체들에게도 아주 민감한 문제일 테고.'

일단 사람들이 사는 곳으로 가 봐야겠다. 아마도 그리 좋은 상황은 아닐 것 같지만 말이다.

그때 카오스가 의념을 보냈다.

―이쪽에 던전이 있어!

마침 던전을 공략할 생각을 하고 있었는데 잘됐다. 가온은 곧바로 공간 이동술로 연거푸 펼쳐서 카오스가 있는 곳으로 향했다.

마신 테라르의 신전

던전은 주위보다 월등하게 거대한 설산 사이의 거대한 계곡 아래쪽에 있었다.

산으로 올라가는 한쪽 경사지에 자리한 거대한 동굴 안에 던전이 있었다.

"동굴형 던전인가?"

—안에서 나오는 마기가 엄청나게 농후해.

그러고 보니 심안을 발동하지 않아도 동굴 입구에서 흘러나오는 마기가 손으로 만져도 될 것처럼 농후했다.

숨을 깊이 들이마셨는데 아쉽게도 체내의 양기는 마기에 더 이상 반응하지 않았다.

'이렇게 농후한 마기가 포함된 공기를 들이마셔도 몸은 아

무런 문제가 없군.'

흡발석이 방출하는 순수한 마기로 내장과 혈관까지 단련해 두길 잘했다.

아마 일반인들은 이렇게 농후한 마기에 접촉하면 정신을 잃고 죽거나 미쳐 날뛸 것이고 아주 희박한 확률로 마화가 될 것이다.

가온은 동굴 입구에 선 상태로 음양신공을 운공해 봤다. 평소에도 운용이 되는 정도로는 음양기를 그다지 많이 흡수할 수 없었기 때문이다.

'오! 된다!'

전력으로 음양신공을 운공하자 마기와 영력을 포함한 에너지가 음양기로 변환되어 쌓이기 시작했다.

음양기와는 다른 속성을 지닌 에너지지만 음양기로 변환이 된다는 증거였다.

가온은 음양신공의 운공을 멈추고 이번에는 창랑 연공술을 운공하기 시작했다.

'우우!'

이건 정말 엄청나다. 엄청난 양의 영력이 체내로 들어와서 기존의 영력으로 꽉 찬 영규 이외의 새로운 영규를 희미한 빛으로 표시해 주었다.

반가운 소식이기는 하지만 지금 이 자리에서 연공을 할 수는 없었다.

'일단 들어가 보자.'

－내가 먼저 들어가 볼게.

'부탁해!'

카오스라면 혹시 모르는 위험 요소를 쉽게 발견할 수 있을 것이다.

잠시 후 나온 카오스는 다소 질린 얼굴이었다.

"왜? 안에 뭐가 있는데?"

－신전처럼 보이는 초대형 건물이 있는데 입구에 가고일 석상이 있어.

가고일은 보통 석상 형태로 모종의 장소를 지키는 역할을 하는 마물로, 침입자가 나타나면 현신해 덮쳐서 사냥한다.

마수가 아니라 마물인 까닭은 평소 석상의 형태로 잠을 자기 때문이다.

'신전은 확실한 것 같네.'

지구의 가고일은 기독교에 의해서 사악한 신으로 격하되어 교회나 성당의 지붕이나 첨탑에 석상으로 부착되어 시설물을 지키는 역할을 한다.

'얼마나 커?'

－내가 본 놈은 날개를 쫙 펴면 플라위스보다 더 클 것 같아.

그 정도면 초대형이다.

'몇 마리가 있어?'

-몰라. 신전으로 짐작되는 거대한 건물이 던전을 가득 채우고 있는데 게이트의 위치가 건물의 옆면 쪽에 있어서 건물의 옆면과 거대한 기둥이 먼저 보였어. 그래서 안쪽으로 기둥이 얼마나 더 있는지 알 수가 없었어. 다만 기둥마다 석상이 하나씩 있었고 첫 번째가 가고일이었어. 놈이 내 기척을 알아챘는지 순간적으로 눈을 뜨는 바람에 놀라서 나온 거야.

　'기둥은 얼마나 큰데?'

　기둥의 크기를 알면 신전의 전체적인 규모를 대충 짐작할 수 있을 것 같았다.

　-청색의 대리석으로 만든 기둥의 직경은 2미터 정도에 높이는 20미터 정도였어.

　눈으로 직접 본 건 아니지만 설명만으로도 신전으로 추정되는 건물의 규모를 능히 짐작할 수 있었다.

　'마신을 모시는 신전일까?'

　일단 들어가 봐야 알 것 같다.

　가온은 일단 마기를 몸에 둘렀다. 가고일 석상이 정령인 카오스가 들어온 것을 알아챘고 던전에서 흘러나오는 농후한 마기를 고려한 조치였다.

　그런 다음 투명화 스킬을 펼친 상태로 던전을 들어갔다. 물론 투명 날개도 여전히 장착한 상태였다.

　던전 안은 카오스가 말한 대로 건물 하나로 꽉 차 있는 것 같았다.

안으로 길게 이어진 안쪽에 다른 공간은 없었다.

'던전 자체가 신전인가 보네.'

신전은 폭이 10미터에 높이는 30미터 정도로 왼쪽은 은은한 빛을 방출하는 거대한 건물의 벽이 있었고 오른쪽은 원형의 거대한 기둥이 위치하고 있었다.

그리고 기둥은 통으로 된 대리석이 아니라 직경 2미터에 길이가 5미터 정도인 원기둥 네 개를 정교하게 결합해서 만든 것으로 보였다.

마지막으로 카오스의 말대로 기둥의 중간에는 턱이 튀어나와 있는데 거기에 가고일의 석상이 있었다.

가온은 가고일이 자신의 침입 사실을 전혀 감지하지 못한다는 확신이 드는 순간 무음보를 펼쳐서 건물에 접근했다.

백색 대리석을 정교하게 재단해서 자른 후에 붙이는 방식으로 건축한 건물에는 창문이 전혀 없어서 안을 살피거나 들어갈 수는 없었다.

결국 가온은 가고일 석상이 있는 기둥 쪽으로 이동했다.

기둥과 건물 사이에는 거리가 좀 있어서 안쪽으로 이어지는 일종의 회랑이 이어지고 있었는데 조명은 따로 없었다.

건물을 이루고 있는 백색 대리석과 기둥을 이루고 있는 청색의 대리석에는 작지만 꽤 조도가 높은 빛을 발산하는 돌이 박혀 있어서 회랑과 기둥 그리고 건물을 볼 수 있었다.

마기의 농도는 안쪽으로 들어갈수록 짙어지고 있었다.

기둥마다 중간 지점에 턱이 튀어나와 있었는데 두 번째 기둥에는 머리가 아홉 개인 뱀, 즉 히드라의 석상이 있었다.

세 번째 기둥에는 머리가 세 개에 뱀의 꼬리를 가진 거대한 뱀 석상이 있었다.

'케르베로스!'

가고일, 히드라, 케르베로스 모두 마계와 연관이 있는 마물이었다.

그러니 이 건물은 마신의 신전이 틀림없었다.

기둥은 계속 이어졌지만 석상은 가고일, 히드라, 케르베로스의 것이 반복되었다. 이 신전을 지키는 마물은 세 종인 것이다.

그렇게 열세 번째 기둥에 도착했을 때 가온은 비로소 신전의 문을 볼 수 있었다.

'이게 문?'

문은 건물 크기만큼 거대했는데 이음새가 거의 없었다. 틈이 그저 선처럼 보일 정도로 다른 벽과 완벽하게 붙어 있었다.

하지만 특별한 부분이 있었다. 문고리에 해당하는 중간 위치에 날카로운 송곳니가 튀어나온 입과 턱 부분만 있는 조각품이 있는데 그 아래쪽에 마치 대야를 연상시키는 넓적한 그릇이 붙어 있었다.

'설마 거인만 출입이 가능한 거냐?'

높이가 건물과 동일한 문의 크기나 거대한 대야와 같은 그 릇과 입과 턱 부분만 있는 조각품이 있는 위치를 보면 키가 적어도 15미터가 훨씬 넘는 거인이라야 문을 열기 위한 어떤 행동을 할 수 있을 것 같았다.

일단 거기까지만 확인하고 다른 기둥들을 더 살펴봤는데 기둥은 총 25개였다. 기둥의 간격이 대략 50미터이니 이 신 전의 한쪽 면의 길이는 1,200미터나 되는 것이다.

신전의 끝부분 뒤로도 공간이 더 있는 것 같았지만 그곳에 는 관심이 없었다.

'어떻게 할까?'

혼자서 신전을 지키는 마물들을 상대하지 못할 것은 아니 지만 굳이 그럴 필요가 없었다.

가온은 잠시 아니테라로 건너가서 아레오와 아나샤 그리 고 시르네아를 포함한 대전사장 24명을 불러 모은 후 던전에 대한 얘기를 해 주었다.

"아예 감마급 타이탄에 탑승한 상태로 기다려. 그리고 소 환이 되는 즉시 마물들을 향해 가장 강력한 일격을 날리고! 시르네아부터 롭, 예하의 순서로 가고일, 히드라, 케르베로 스야. 가고일은 머리, 히드라와 케르베로스는 몸통과 머리가 연결된 부위가 급소이니 준비 잘하고!"

"네, 헤루스!"

마신의 신전을 깨뜨릴 거라는 가온의 말에 사람들은 잔뜩 흥분했다.

그동안 푹 쉬기도 했지만 기연을 통해 급증한 마나를 증폭시켰을 경우의 감마급 타이탄이 궁금했었다.

가온은 50미터 간격으로 서 있는 기둥의 바로 옆으로 공간 이동을 하면서 아레오와 아나샤 그리고 대전사장들을 한 명씩 소환했다.

마지막 기둥에 도착했을 때 가온의 손에는 5미터가 넘는 시뻘건 색깔의 오러 블레이드가 들려 있었고 공격 거리 안으로 들어오는 순간 날아가는 속도를 늦추지 않고 팔을 휘둘렀다.

파악!

가온의 움직임을 감지하는 즉시 석상에서 생물로 변환되고 있는 히드라의 몸통을 향해 오러 블레이드가 횡으로 날아들었다.

푸캇!

화라랏!

돌이 부서지는 소리도, 살이 터지는 소리도 아닌 기이한 소리와 함께 엄청난 열기를 발산하는 붉은 선이 히드라의 몸통 위쪽으로 그어졌다.

푸쉬쉬!

이제 막 살아 있는 머리로 변하고 있었던 뱀 머리들이 몸통 일부와 함께 사방으로 떨어져 나갔는데 절단부가 익어 버려서 피조차 흐르지 않았다.

공격은 거기에 그치지 않았다. 가온의 왼손에서 방출된 붉은 기운이 장막처럼 이젠 살아 있는 거대한 뱀 머리들을 감싸는 순간 발악을 하듯 막 독액을 뱉으려고 했던 뱀 머리들이 검게 그을리면서 화염에 휩싸여 버렸다.

몸통의 절반과 꼬리만 남은 히드라는 생물체의 그것으로 변해서 꿈틀거렸지만 더 이상 위험하지 않았다.

타이탄에 탑승한 상태에서 던전에 소환된 즉시 마나 증폭을 사용해서 자신이 가할 수 있는 가장 강력한 공격을 감행한 대전사장들의 일격은 아주 강력했다.

1마리도 예외 없이 몸이 종으로 그리고 횡으로 잘린 것이다.

그만큼 대전사장들의 전투력이 강하기도 했지만 마물들의 경우 석상의 형태에서 생물의 형태로 변환되는 데 시간이 걸려서 제대로 반응하기가 힘든 부분도 있었다.

그렇기에 대전사장들은 목표를 해치웠음에도 표정이 덤덤했다.

의외로 가장 빠르게 마물을 해치운 사람은 아나샤였다. 그녀가 날린 홀리 파이어는 순식간에 마물을 불태워 버린 것이다.

그만큼 신성력은 마물에 강력한 위력을 발휘했다.

그것을 확인한 가온은 자신이 쓸데없이 과하게 힘을 썼다는 사실을 깨달았다.

그 역시 신성력을 사용할 수 있음에도 막대한 음양기를 소모한 것이다.

"이건 무슨 의미일까요?"

자신이 해치운 마물에게서 등급 외에 해당하는 커다란 마정석을 적출한 예하는 어느새 문에 가까이 가서 문고리가 있어야 할 자리에 부착된 기이한 물체들을 보고 강한 호기심을 느꼈다.

"문고리가 없는 것이나 이 대야와 같은 그릇이 있는 것을 보면 이 안에 뭔가를 넣어야 할 것 같은걸."

"롭의 말이 맞아. 그런데 안이 깊은 것을 보면 고체보다는 액체가 어울리겠어."

시르네아도 관심을 드러냈다.

"이곳의 음산한 분위기나 조각품에서 풍기는 섬뜩한 기운 그리고 던전을 가득 채운 마기로 보건대 채울 건 피가 아닐까요?"

조금 늦게 합류한 헤르나인도 의견을 더했다.

"피라…… 이곳이 마신의 신전이라면 무척 어울리는 열쇠라고 할 수 있겠네."

가장 바깥쪽 기둥의 마물을 맡았기 때문에 합류가 늦은 아레오가 눈을 빛내며 말하자 아나샤가 눈살을 찌푸렸지만 고개를 끄덕였다.

"피라면 당연히 있지."

가온은 염력으로 사람들이 해치운 마물들의 사체를 끌어 모았다. 그리고 염력으로 한 덩어리로 만들어서 강한 압력으로 사체들을 쥐어짰다.

주르르.

엄청난 양의 핏물이 나오더니 살아 있는 것처럼 문에 부착된 대야와 같은 그릇으로 날아가서 안을 채우기 시작했다.

그렇게 그릇을 가득 채우자 턱과 입밖에 없는 조각물이 빛을 내더니 송곳니가 길어지고 그릇 안까지 닿은 송곳니를 통해서 피를 빨아들이기 시작했다.

떨거덕! 떨거덕!

턱이 움직이는 모습이 너무 기괴했지만 사람들은 아무런 동요 없이 문의 변화를 주시했다.

"열린다!"

누군가의 말에 이음새가 거의 없던 문이 스르르 움직이기 시작했다.

'마신의 신전이 틀림없네.'

생기를 가득 머금은 신선한 피가 문을 여는 열쇠 역할을 한다는 점이 그 증거였다.

화아악!

문이 열리는 순간 던전 안과는 차원이 다를 정도로 농후한 마기가 흘러나왔다.

　물론 그런 마기에 당황하는 사람은 없었다. 소드 마스터 정도면 이 정도 마기는 충분히 막을 수 있기도 하지만 모두 타이탄을 타고 있는 상태였기 때문이다.

　문이 완전히 열리고 가온을 따라 차례로 내부로 들어간 사람들은 깜짝 놀랐다.

　"공간 확장!"

　놀랍게도 이 건물의 내부 공간은 바깥에서 본 것에 비해 열 배는 더 컸다.

　하지만 그렇게 거대한 내부 공간은 너무 황량했다. 공간의 중앙에 세워져 있는 거대한 석상과 네 방향에 있는 거대한 향로들을 빼면 건물이나 방과 같은 시설은 전혀 없었다.

　그래도 석상이 있는 중앙 쪽과 일부 천장을 제외하면 벽과 천장 심지어 바닥에도 작은 발광석들이 많이 박혀 있어서 실내는 그리 어둡지 않았다.

　물론 그래도 양쪽에 연기가 피어오르는 네 개의 향로 사이에 위치한 거대한 석상까지는 거리가 너무 멀어서 잘 보이진 않았다.

　"빈 건가?"

　"그런 것 같은데."

　사람들이 그렇게 소곤거리고 있을 때 가온은 강력한 마기의 유동이 시작되고 있음을 감지했다.

'쉿! 뭔가 이상하다!'

–무슨 일입니까?

이상을 전혀 감지하지 못한 사람들이 의념을 보냈다. 소드 마스터라고 해서 모두 심어를 보낼 수 있는 것은 아니지만 아니테라의 대전사장들은 가능했다.

'아무래도 아니테라로 돌아가 있어야 할 것 같아!'

–헤루스 혼자로는 위험할 수 있습니다!

–은신 스킬을 사용하면 안 될까요?

다들 가온이 걱정되기도 하고 생전 처음 들어온 마신의 신전에 강한 흥미를 느끼고 있었기에 아니테라로 돌아가고 싶지 않은 모양이다.

'일단 타이탄을 역소환시켜!'

사람들이 자체 하지 않고 바로 타이탄과의 동화를 해제하고 나와서 타이탄을 아공간 카드로 돌려보내는 동안 카오스에게 부탁했던 내부 공간에 대해서 들은 가온은 다른 지시를 내렸다.

'저기 안쪽으로 움푹 들어가 있는 천장 쪽으로 이동해서 달라붙어! 세 명씩!"

안쪽으로 움푹 파인 거대한 천장의 홈은 하나가 아니었다.

중앙을 포함해서 다섯 곳이나 되었다. 그리고 그곳들은 건물 안에서 유일하게 발광석이 박히질 않아서 어두웠다. 게다가 크기도 상당히 커서 몸을 숨기기에는 적당했다.

─잡을 곳이 있을까요?

'내부에 튀어나온 돌들이 많으니까 충분히 몸을 숨길 수 있을 거야!'

이미 카오스가 조사를 해 두었다.

가온의 의념에 사람들은 빠르게 눈빛을 주고받더니 네다섯 명씩 짝지어서 빠르게 움직였다.

과연 그곳에는 가온이 말한 대로 천장 안으로 깊게 들어가 있는 거대한 홈이 있었는데 발광석이 전혀 없어서 바로 아래쪽에서도 유심히 살펴보지 않으면 내부가 보이지 않았다.

가장 먼저 뛰어오른 시르네아가 안력을 집중해 보니 직경이 30여 미터에 깊이가 5미터 가까이 되는 천장의 구멍 곳곳에는 크고 작은 돌들이 튀어나와 있어서 몸을 지지하는 것은 어렵지 않았다.

시르네아를 시작으로 사람들이 튀어나온 돌들을 이용해서 모두 몸을 박쥐처럼 구멍 안쪽에 붙이자 가온은 카오스에게 부탁해서 공간 전체를 마기로 막도록 했다. 행여 그들의 마나가 새어 나올 것을 대비한 것이다.

그렇게 조치를 마쳤지만 자신은 투명화 스킬을 펼친 상태에서 마기를 방출하면서 마기의 유동이 강해지고 있는 쪽을 주시했다.

지이이잉!

갑자기 일행이 들어왔던 입구 쪽의 바닥에 열 개가 넘는 마법진이 모습을 드러냈다. 크기로만 보면 하나같이 초대형 마법진이었다.

가온은 그제야 자신이 발광석이라고 생각했던 것이 모두 마정석이라는 사실을 깨달았다. 그 마정석들 중 일부가 마법진의 코어 역할을 하고 있었다.

화악!

초대형 마법진에서 강렬한 빛이 방출되더니 안쪽에 200여 명이 나타났다.

'텔레포트 마법진!'

이쪽에 아무도 없었던 것으로 봐서는 상시 활성화된 텔레포트 대응진인 것 같은데 나타난 사람들을 본 가온 일행의 눈이 화등잔처럼 커졌다.

'설인?'

놀랍게도 스무 명을 제외하고는 인간이 아니라 온몸이 흰색 혹은 회백색의 긴 털로 덮인 거대한 인간들이었다.

입 밖으로 길게 튀어나온 송곳니를 제외하고는 인간과 동일한 외모를 지니고 있었고 가죽 치마를 두른 여성들은 털이 없는 유방이 고스란히 드러나 있었다.

그런 설인들은 정신을 잃은 듯 빛을 잃어 가는 마법진 위에 그대로 누워 있었다.

설인이 아닌 20명은 후드가 달린 검은색 로브를 입고 있었는데 전신에서 마기가 아지랑이처럼 방출되고 있었다.

그런데 놀라운 일은 거기에 그치지 않았다. 그 옆쪽에 새로운 텔레포트 마법진이 활성화되면서 이전과 비슷한 숫자가 공간 이동된 것이다.

그런데 이번에는 설인이 아니었다. 엘프족들이 설인들처럼 짐짝처럼 널브러져 있었고 심지어 서로의 몸 위에 사지를 올린 경우도 있었지만 두세 명은 눈을 부릅뜨고 있었고 눈동자도 움직이고 있었다.

'마비가 되었군. 분노하고 있어!'

설인 쪽을 자세히 살펴보자 역시 의식을 잃지 않은 자들이 있었다.

그런 설인들의 눈은 가늘게 찢어졌는데 동공은 작고 흰자위가 아니라 노른자위가 차 있었으며, 눈빛만으로도 심약한 자를 죽일 수 있을 것처럼 살기를 뿜어내고 있었다.

그렇게 열 개에 달하는 초대형 텔레포트 마법진이 차례로 활성화되면서 무려 2천여 명에 달하는 인간과 다양한 아인종들이 공간을 이동해 왔는데, 하나같이 마비가 된 상태였고 극히 일부만 정신을 잃지 않고 있었다.

'설마 제물로 쓰려는 건가?'

이 건물이 신전으로 보인다는 사실과 동상 그리고 사제로 보이는 수상한 자들을 생각하면 맞을 것 같았다.

그렇게 마비가 된 상태로 공간을 이동해 온 자들은 인간부터 시작해서 설인, 드워프족, 엘프족, 수인족까지 다양했다.

수는 일부러 맞추기라도 한 것처럼 400명씩이었다.

얼마 후 마지막 텔레포트 마법진이 방출하던 빛이 완전히 사그라들자 로브를 입은 자들이 알아들을 수 없는 낮은 주문을 외웠고 짙은 마기와 함께 알 수 없는 에너지가 혼합된 기운이 제물들에게로 향했다.

그러자 설인들이 부자연스러운 움직임으로 일어나더니 비척거리며 걸어서 신전의 중앙에 있는 석상 쪽으로 향했다.

'흑마법인가?'

그런 생각을 할 때 로브를 입은 자들 중 한 명이 석상 곁으로 순간 이동을 했고 석상의 받침대 아래를 만지자 기묘한 소음과 함께 석상 주위의 바닥이 빛을 뿜어내기 시작했다.

'바닥에 마법진이 새겨져 있었군.'

은은한 빛과 함께 드러난 것은 엄청난 규모의 마법진으로 자세히 보니 석상을 코어로 하는 다섯 겹의 거대한 오망성 형태를 이루고 있었다.

가온은 그제야 석상의 외양을 제대로 살펴볼 수 있었다.

하늘을 향해 솟은 큰 뿔과 그 양쪽의 구부러진 날카로운 뿔, 입 밖으로 길게 빠져나온 날카로운 송곳니, 처음 보는 검은색 보석이 박힌 눈이 특징적인 석상은 근육질의 상반신은 벗고 있었지만 하체는 치마와 비슷한 것을 걸치고 있었다.

'마신인지는 알 수 없지만 마계의 존재를 본뜬 상이야!'

석상임에도 불구하고 마치 살아 있는 것처럼 생생한 표정이며 강렬한 투기와 마기를 방출하고 있어서 마계의 존재를 새긴 상이라는 사실은 확실했다.

마치 고장 난 타이탄처럼 비척거리며 걷던 설인들이 하나둘 자리를 잡았는데, 마치 신을 위해 기도하는 것처럼 오체투지의 자세를 취했다. 물론 자의가 아니었다.

총 200에 달하는 놈들이 마법은 물론 염력까지 사용하는 것을 본 가온이 위협감을 느꼈다.

그렇게 살아 있는 제물로 추정되는 다섯 종족이 석상을 중심으로 2천 명이 빼곡하게 오체투지 자세를 취한 모습은 무척 기괴하면서도 일견 경건한 구석이 있었다.

거의 1시간에 걸쳐서 모종의 의식을 준비한 검은 로브를 입은 자들이 한곳으로 모였다.

바로 석상 쪽이었는데 그중 한 명이 석상의 바로 옆에 있는 향로 위로 올라갔다.

"잠시 쉬었다가 테라르 님의 고귀한 분체를 모시는 혈제(血祭)를 집전할 것이니 맡은 자리를 확인하고 잠시 몸과 마음을 정갈히 하라! 이번 혈제가 성공하면 가장 공이 높은 세 명을 뽑아서 사도로 임명할 것이다."

"네, 대사제님!"

'분체'나 '혈제'와 같은 단어가 이 세계에도 있는지는 알 수 없지만 시스템이 그렇게 번역하는 것을 보면 일단 이곳이 지구나 탄 차원과 비슷한 세상이라는 것은 확실했다.

혈제라는 단어를 들은 가온은 다시 한번 이곳에 마신의 신전임을 확신했다.

혈제란 제물의 피로 믿는 신에게 봉헌을 하는 제사 의식으로 고대의 중남미에서 번성했던 마야 문명이나 잉카 문명에서 행했다는 기록이 있었다.

그렇게 말한 대사제가 향로에서 뛰어내릴 때 우연히 사제로 짐작되는 한 명의 로브 모자가 살짝 뒤로 젖혀졌는데, 드러난 얼굴을 본 가온은 깜짝 놀랐다.

입 밖으로 튀어나온 송곳니, 백짓장처럼 창백한 피부, 얼굴 전체를 종횡으로 연결하고 있는 검은 줄무늬 문신을 가진 그자의 눈은 흰자위밖에 없었기 때문이다.

'백안!'

마족은 본디 뿔과 검은 눈을 가지고 있다고 했고 자신이 처치한 마족들도 그랬다. 하지만 마인, 즉 후천적으로 마화가 된 자는 다르다.

머리카락은 회색 혹은 회백색이며 눈동자가 마치 점처럼 작아서 흰자위밖에 없는 백안이 된다고 들었다.

이자들은 마기를 받아들여서 마인이 된 자들이 틀림없었다.

그래도 마인과 이자들의 차이는 명백했다.

마인은 마기가 골수에 스며들어서 살육 본능이 크게 발달했기 때문에 항시 마기와 살기를 뿜어내는 반면 마족은 이성을 가지고 있어 마법과 염력을 사용할 수 있었다.

가온은 이런 자들이 지내려고 하는 혈제가 너무 궁금했다.

'잠시만 지켜보다가 이상한 감각이 느껴지는 순간 나서자!'

그렇게 잠깐 지켜보던 가온의 미간이 좁아졌다.

자리에 앉아서 마정석을 쥐고 잠깐 휴식을 취한 자들이 날카로운 단검을 꺼내 들고는 한 제물의 손목을 살짝 그었다.

마인 사제로 추정되는 자들은 제물의 손목에서 피가 나오기 시작하자 제물의 몸을 움직여서 핏물이 바닥의 살짝 들어간 자리에 고이도록 조정했다.

'마법진이 활성화되고 있어!'

피가 고이는 구멍을 중심으로 바닥의 미세 마정석들이 강한 빛을 방출하는 것으로 보아 확실했다.

마인 사제들은 숙련된 솜씨로 제물의 손목을 그어 피를 낸 다음 핏물이 바닥의 구멍으로 떨어지도록 조정하는 작업을 빠르게 진행했다.

'불길해!'

강한 위험을 느낀 가온이 심안을 최대한으로 펼쳐서 핏물이 떨어지는 구멍들이 있는 바닥을 유심히 살폈다. 바닥 아래쪽을 투시한 것이다.

선, 아니 관이 보였다.

'피가 바닥 아래에 매설된 가는 관을 통해서 석상과 연결되어 있어!'

아마도 피가 바닥 아래쪽의 빈 관을 통해서 동상의 바로 아래쪽으로 흘러가는 것 같은데 자세히 보니 석상이 있는 위치가 신전에서 가장 낮았다.

생생하게 조각되기는 했지만 평범한 석상이 어느 순간부터 밝아지면서 강렬한 마기와 함께 생기까지 느껴지기 시작했다.

'설마 혈제를 통해서 석상 자체에 마신의 분혼(分魂)이 빙의되는 방식으로 소환되는 건가?'

아까 분명히 '분체'라는 단어를 들었다.

석상을 심안으로 살펴본 가온은 깜짝 놀랐다. 석상으로만 알았는데 놀랍게도 인체의 내부와 동일한 기관과 조직을 가지고 있었다.

'어떻게 할까?'

가온의 성향대로라면 더 이상 지켜볼 필요도 없이 손을 써야 하는데 지금은 고민이 되었다.

가온이 선택한 의뢰는 이 차원에 존재하는 모든 마신의 신전과 사제들을 말살하는 것이다.

그러니 이 혈제가 어떤 식으로 진행되는지 잠시 지켜볼 필요가 있었다.

가온이 손을 쓸 타이밍을 놓고 고민하고 있을 때였다.

-누구라도 있으면 나, 아니 우리를 도와주시오!

아주 희미한 의념이었다. 분명히 천장의 구멍에 숨어 있는 동료는 아니었다.

조금 후에 같은 내용의 의념이 다시 전해지자 가온은 발원지를 찾을 수 있었다. 인간들 중 한 명이었다.

'그대는 누구십니까?'

-나, 나는 홀랏 마탑의 마법사로 레이선이라고 합니다.

가온이 그를 심안으로 확인하자 일곱 개의 마력 링이 심장 주위에 있었지만 회전을 하고 있어야 할 마력 링은 거의 움직이지 않고 있었다.

'어떻게 된 일인지 알 수 있겠습니까?'

-무너진 바이테르 제국 출신의 동부군 기사단과 함께 변경의 도시와 마을 들을 불태우고 사람들을 학살한 마인과 마물을 소탕하던 와중에 마비약과 몽혼약에 당해서 이런 신세가 되었습니다.

레이선이라는 마법사는 다행하게도 길지 않게 자신의 상황을 설명했다.

'이들의 정체를 알고 있습니까?'

-마인들입니다. 아니, 지옥화(地獄火)의 마신 테라르를 믿

는 사제들입니다. 한 명은 마족으로 추정되는 대사제고요.

역시 예상했던 것처럼 마족과 마인이 맞았다.

'지금이 어떤 상황인지 알고 있습니까?'

−독에 당해서 온몸이 마비된 상태로 마신 테라르와의 소통 혹은 소환을 위한 혈제의 제물이 된 것 같습니다.

레이선이라는 마법사는 현재 상황을 정확하게 이해하고 있었다.

더 물어보고 싶은 것들이 많았지만 자신의 예상이 맞다는 것을 파악한 것만으로도 충분했다.

이미 마신 테라르의 사제들은 자신이 맡은 제물의 몸에서 피를 **빼**내어 정확한 위치에 피가 떨어지도록 작업을 거의 끝낸 것이다.

'조금만 참으십시오. 우리도 공격할 기회를 노리고 있으니까.'

−당연히 기다리겠습니다! 감사합니다!

그 의념을 보낸 레이선은 '우리'라는 단어에 내심 크게 안도하면서 침묵을 지켰다.

이제 석상을 중심점으로 하는 거대한 마법진이 완벽하게 활성화된 것을 확인한 가온은 사제들이 자신의 자리로 돌아가는 것을 확인하고 효과는 확신할 수 없지만 한 가지 조치를 취했다.

천장 쪽으로 날아오른 가온의 손가락 끝에서 미세한 크기의 구슬들이 제물들의 피가 고이는 구멍들을 향해 날아간 것이다.

피가 고이는 구멍의 숫자는 정확하게 2천 개나 되었기에 정신을 최고조로 집중한 상태에서 빠르게 구슬을 만들어서 염력으로 날려야만 했다.

다행하게도 자신의 자리를 찾아가는 마신의 사제들은 집중한 상태에서 자신의 일을 마무리하고 풀어진 상태였기에 누구도 가온의 행동을 눈치채지 못했다.

그렇게 알 수 없는 행동을 무려 2천 번이나 반복한 가온은 천장의 거대한 홈 안에 숨어 있는 일행에게 의념을 보냈다.

'곧 마기막을 거둘 거야! 준비하고 있다가 바로 뛰어내려서 사제들을 해치워야 해! 최대한 신속하게 움직여!'

안 봐도 마기막 안에 숨어 있는 사람들의 상태를 잘 알고 있었다.

그들은 동족이 이렇게 제물이 된 것에 분노한 상태였지만 그래도 경지가 높아서 간신히 참고 있는 것이다.

마인 사제들이 서브 코어에 해당하는 자리에 좌정을 하고 앉자 석상 바로 옆에 선 마족 대사제가 아공간 아이템으로 보이는 반지에서 팔딱팔딱 뛰는 심장 네 개를 꺼냈다.

대사제는 그 심장들을 석상 주위의 네 향로에 하나씩 집어넣더니 이번에는 뱀처럼 생긴 검은색 단검을 꺼내 자신의 손바닥을 깊이 베었다. 그리고 피를 향로 안에 조금씩 흘렸다.

그러자 향로가 불길한 빛을 발산하기 시작했다.

단검을 다시 품에 집어넣은 대사제가 주문을 외우기 시작했다.

화르르!

석상을 중심으로 동서남북, 네 방향에 있는 거대한 향로에서 음산한 화염이 솟구쳤다.

'마화(魔火)!'

대사제가 아공간 아이템에서 꺼낸 심장들은 혈관과 연결되지 않은 상황에서도 왕성하게 박동하고 있었는데 가온은 그 심장들이 발산하는 어마어마한 마기를 감지할 수 있었다.

그러니 지금 향로에서 피어오른 화염은 마기로 이루어진 불이라는 사실을 능히 짐작할 수 있었다.

심장이 누구 것인지는 알 수 없지만 심장을 적출해서 마화를 피워 내는 행위만으로도 이들의 사악함을 충분히 짐작할 수 있었다.

화가 치밀어 올랐지만 아직은 공격할 타이밍이 아니었다.

이제 휘황한 빛에 휩싸인 석상 앞에 오체투지를 한 대사제의 입에서 흘러나오는 주문에 각자의 자리에 앉은 사제들의 주문이 섞이기 시작했다.

'음파가 서로 섞여서 엄청나게 증폭되고 있어!'

목적이나 효과는 알 수 없지만 이제 본격적으로 마법진이 활성화되기 시작했다.

'지금!'

가온이 천장의 세 구멍을 막고 있던 마기막을 거둔 순간 사람들이 아래로 떨어져 내렸는데 착지하는 순간 두 명을 제외하고는 약속이라도 한 것처럼 검을 횡으로 휘두르자 검의 형상이 또렷한 검기가 날아갔다.

파앗!

공간마저 베면서 날아간 검기들은 집중력을 높이기 위해서 눈을 반개한 상태로 주문을 외우던 사제들의 머리와 얼굴 그리고 목을 베어 버렸다.

사제들의 키가 각기 달랐기 때문이다.

"속박!"

"홀리 라이트!"

아레오는 공격 마법 대신 초대형 마법진 전체를 영역으로 속박 마법을 펼쳤고 아나샤는 아레오의 마법 영역에 신성한 빛을 뿌렸다.

전혀 예상하지 않았던 공격에 마인 사제들은 아무런 반응도 하지 못했다.

순식간에 수십 개의 머리통이 온전히 혹은 절반 이상이 갈라져 몸통에서 떨어져 나갔지만, 그 외의 사제들은 너무 놀라서 주문조차 이어 가지 못했다.

천장의 세 구멍을 덮고 있던 마기막을 거둔 가온의 열 손가락은 석상에 오체투지를 하고 주문을 외우는 대사제를 향하고 있었다.

파파바바밧!

가온의 열 손가락과 오체투지를 하고 있는 대사제의 몸까지 이어지는 열 줄기의 선이 그어지는 순간 온은 이미 공간 이동술을 통해서 그자의 바로 옆에 나타났다.

"끄아아악!"

그제야 오체투지를 하고 있던 대사제가 벌떡 일어나면서 비명을 질렀다.

'그럴 줄 알았지.'

마나탄은 놈의 로브에 구멍을 냈지만 몸을 뚫지는 못했다. 높은 등급의 방어 아이템을 착용하고 있었기 때문이다.

하지만 가온도 그 정도는 이미 예상했다.

"홀리 파이어!"

가온의 왼손에서 방출된 신성한 기운이 마치 뱀처럼 강렬한 통증에 비명을 지른 대사제의 몸을 휘감더니 이내 몸 전체를 덮어 버렸다.

지난번에 상대한 마족 귀족이 사용했던 그림자와 같은 마기가 홀리 파이어에 소멸된 것을 기억한 가온이 신성 마법을 펼친 것이다.

가온의 공격은 그게 끝이 아니었다. 눈이 멀 것처럼 휘황한 빛을 발산하는 석상의 기단부를 향해 주먹질을 한 것이다.

있는 대로 음양기를 주입한 가온의 주먹 주위에 세 배는 더 큰 오러가 생성되었다.

꽈아앙!

거대한 폭발음과 함께 재질은 알 수 없지만 강철만큼이나 단단한 기단부의 돌이 산산조각 나 버렸다.

쿠우웅!

기단부가 부서지자 석상은 자연스럽게 옆으로 쓰러졌는데 놀랍게도 석재와 석재가 부딪히는 소리가 아니라 생물체가 바닥에 쓰러질 때와 동일한 소리가 났다.

－가온, 마족이 아직 안 죽었어!

석상에 추가 공격을 하려고 했던 가온은 카오스의 경고에 얼굴도 돌리지 않고 그쪽으로 향해 왼손을 뻗었다.

'지금은 저놈에게 신경을 쓸 수 없어!'

차원 이동을 하기 전에 다이트 제국의 황실 비고에서 얻은 티탄의 아머를 착용한 상태였고 파르도 있었다. 또한 아나샤도 있으니 죽지만 않으면 된다.

"크헉! 신, 신성력!"

첫 마나탄은 음양기로 만든 것이지만 지금 왼손의 다섯 손가락에서 발사된 것은 신성력으로 만든 마나탄이었다.

퍼억! 퍼억!

등과 머리에서 강력한 타격이 느껴졌지만 몸 자체에는 이상이 없다는 것을 확인한 가온은 더 이상 사제에게는 신경을 쓰지 않았다.

바닥으로 쓰러진 거대한 석상이 꿈틀거리는 것을 분명히 느낀 것이다.

"홀리 파워!"

아나샤처럼 고급 신성 마법은 펼칠 수 없으니 일단 신성력을 있는 대로 방출해서 석상을 감쌌다.

물론 이게 끝은 아니다.

'정말 마신의 분혼이 석상에 빙의했다면 이 정도로 소멸하지는 않겠지.'

온의 손에 창 한 자루가 생성되었다. 신성한 기운이 가득한 창이었다.

"가랏!"

순간적으로 도약한 가온의 몸이 석상의 머리 쪽으로 날아가면서 신성력으로 만든 창이 빛살처럼 날아갔다.

푸욱!

신성력으로 만든 창은 어느새 천장을 바로 보는 자세로 몸을 뒤집은 석상의 이마에 깊이 박혔다.

크르르르르.

소리가 아닌데도 강력한 초저주파가 던전 전체를 덮어 버렸다.

얼마나 강력했는지 공격을 하는 아니테라의 전단원들과

제대로 대항이나 반응도 하지도 못하던 사제들이 일제히 귀에 두 손을 감싸 쥐고 고통스러워할 정도였다.

하지만 가온은 거의 피해를 입지 않았다.

음파가 몸을 덮치려는 순간 파르가 귓구멍까지 덮어서 음파를 흘린 것이다.

가온은 석상의 머리에 신성력으로 만든 창이 깊이 박혔음에도 상대가 소멸되지 않고 비명을 지르며 음파 공격을 했다는 사실에 마음을 내려놓을 수가 없었다.

투명 날개로 체공한 상태에서 가온은 홀리 스피어가 생성되기 무섭게 염력으로 뿔과 머리통 그리고 심장 부위로 날렸다.

크아아아아악!

아까보다 훨씬 더 처절하고 고통이 느껴지는 음파에는 끔찍한 살기가 담겨 있어서 이제 공격하는 측이나 당하는 측 그리고 제물들의 귀에서도 피가 흘러나올 정도였다.

'이걸로도 안 된다는 거지?'

가온은 제대로 빙의조차 하지 못한 마신의 강한 능력에 오기가 생겼다.

그가 던지는 홀리 스피어는 이제 급소만이 아니라 손바닥과 어깨, 발목, 무릎 등 관절 부위까지 박혔다.

마지막으로 홀리 파이어로 석상 전체를 불태우려고 하던 가온은 순간 이 석상에 신성력에 상당한 면역력이 있는 것 같다는 생각이 들었다.

'그렇다면!'

신성력도 마기와 극성이지만 선력이라고 부르는 영력 또한 마기와 어느 정도 극성이었다.

"홀리 파이어!"

신성력으로 이루어진 거대한 화염을 만든 가온은 거기에 영력을 주입했다.

'배척하지 않아!'

신성력과 영력은 배척하기는커녕 빠르게 섞이고 있었다.

가온은 혹시 몰라서 거기에 뇌전력까지 주입했다. 그러자 신성한 화염 속에서 시퍼렇고 새하얀 전격이 빠르게 번뜩였다.

─머어어엄추어어어엇!

석상에 깃든 모종의 존재가 간절함이 가득한 의념을 보내는 순간 석상은 신성력과 영력 그리고 뇌전력으로 만든 거대한 화염에 휩싸였다.

케에에에엑!

츠ㅈㅈㅈㅈ!

끔찍한 초고주파의 비명이 흘러나오는 것도 잠시 석상의 움직임이 완전히 멈추었다.

잠시 후 전격이 번뜩이던 신성한 화염이 사그라들자 석상은 사라졌고 바닥에는 뿔이 사라진 인간의 모습을 하고 있는 육체만이 남았다.

'상처가 전혀 없어!'

이마를 관통했던 창은 물론 몸 곳곳에 박혔던 홀리 스피어의 흔적이 전혀 보이지 않았고 심지어 전격에 탄 흔적이 보이지 않았다.

게다가 굉장히 컸었는데 지금은 키가 5미터 정도 되는 거인의 육체로 변한 상태로 마치 살아 있는 것처럼 생동감이 느껴졌다.

가온은 혹시 빙의한 존재가 살았나 싶어서 걱정을 했지만 생기가 전혀 느껴지지 않았다.

'희한하군.'

마신의 분혼이 육체로 삼으려고 했던 만큼 특별한 물체일 거라는 생각이 들어 바로 아공간에 챙겼다.

그렇게 상황이 끝났다고 확신한 순간 가온은 약간의 어지러움을 느꼈다.

'아무래도 너무 많은 신성력과 영력을 사용한 것 같네.'

어떤 존재인지 몰라도 최대한 많은 신성력과 영력을 사용한 것이다.

물론 모두 소진한 것은 아니다. 한꺼번에 두 가지 에너지를 한계까지 사용하는 바람에 육체가 견디지 못하고 순간적으로 균형을 잃은 것이다.

'육체 내부까지 단련해 두길 잘했네.'

흡발석의 기연을 얻지 못했다면 필시 큰 내상을 입었을 것이다.

가온은 그제야 주위를 돌아볼 수 있었다.

에너지 이변

장내의 전투는 이미 거의 끝나 가고 있었다.

숫자로는 비교할 수도 없었지만 아레오와 아나샤를 뺀 나머지는 모두 소드 마스터 상급이거나 그에 근접한 초인들이다.

검기와 오러 블레이드를 자유롭게 사용할 수 있는 강자들이니 흑마법이나 신성 마법을 사용하는 사제들은 상대가 되지 않았다.

가온은 그제야 자신이 처리한 대사제의 사체에 시선을 고정했다.

역시 마족이 맞았다. 로브의 모자 밖으로 드러난 놈의 머리에는 크고 날카로운 두 개의 뿔이 있었다.

그런데 얼굴은 이목구비를 알아볼 수 없었다. 신성력으로 만든 마나탄에 턱부터 눈에 이르는 부분에 커다란 구멍이 뚫렸고 신성력에 나머지가 녹아 버린 것이다.

지금은 넝마처럼 변했지만 대단한 등급의 방어 아이템인 것 같은 로브로 인해서 신체는 제 형체를 유지하고 있었다.

가장 많은 사제를 맡은 롭이 마지막 사제의 머리통 절반을 베어 버리는 순간 기다렸던 안내음이 들려왔다.

─생상(生像)에 빙의한 마신 테라르의 분혼과 대사제 그리고 사도들을 말살했습니다! 보상으로 10 레벨 업, 칭호, 아이템, 스킬, 특성, 그리고 1,500만 명예 포인트를 획득합니다.

─마신 테라르의 분혼을 소멸시킨 보상으로 마툰 차원의 신들이 총 1천만의 신성력을 지급합니다!

'생상'이라는 생소한 단어가 흥미를 끌었지만 가온의 관심은 내용에 쏠렸다.

'와아! 이 의뢰를 맡길 잘했네!'

엄청난 수준의 보상이다. 던전 클리어 보상도 아닌데 이렇게 엄청난 포인트를 주다니!

'명예 포인트가 1,500만이라면 다른 보상 수준도 엄청나겠네.'

당장이라도 보상을 확인하고 싶었지만 지금은 그럴 때가

아니었다.

가온은 먼저 대사제의 전리품부터 챙겼다.

놈은 목걸이부터 팔찌와 반지까지 다양한 아이템을 가지고 있었다.

심안으로 살펴보니 상당히 서열이 높은 마족인지 비교적 온전한 두개골 안에는 영석이 있었고 멈춘 심장에는 커다란 마정석이 있어 빠르게 적출했다.

그러자 다른 단원들도 전리품을 챙기기 시작했는데 마신의 사제라서 그런지 마정석은 물론 다들 영석을 가지고 있었다.

그러는 동안 아레와 아나샤는 치료 마법과 신성력으로 제물이 된 사람들의 베인 손목 부위를 치료했는데, 특히 아나샤는 '매스 홀리힐'이라는 광역 치료 마법으로 단번에 사람들을 치료했다.

의식이야 시간이 지나면 자연스럽게 되찾을 수 있을 테지만 마비는 풀지 못했다.

"온 랑, 마비독에 당한 것 같은데 정화 마법을 사용할까요?"

신성력을 이용한 정화 마법이라면 당연히 해독되겠지만 아나샤는 이미 많은 신성력을 소모한 상태여서 무려 2천에 달하는 대상을 상대로 정화 마법을 펼치는 것은 무리였다.

녹스라면 빠르게 해독을 하겠지만 가온에게는 다른 생각

이 있었다.

"내가 할 테니까 기도를 좀 해."

"네, 온 랑."

하지만 기도를 할 필요가 없었다.

"허억! 온 랑, 이 세계의 신들이 신성력을 100만이나 주셨어요!"

뒤늦게 보상을 받은 모양이다.

"그래도 쉬고 있어."

녹스에게 부탁하면 더 간단한 일이지만 가온은 이번 참에 신성 마법 중에서 가장 자주 사용하는 마법 중 하나인 정화 마법의 숙련도를 높일 겸 신성력을 사용해서 설인족들부터 시작해서 2천 명 모두에게 일일이 정화 마법을 걸어 주었다.

처음에는 번거롭기도 했지만 마법을 펼칠 때마다 숙련도가 올라가더니 2천 명 모두를 해독하자 1레벨이었던 C등급의 정화 마법이 5레벨까지 올라가서 승급을 앞두고 있었다.

그렇게 시간이 많이 걸리는 일을 끝냈지만 쉬거나 보상을 확인할 여유는 여전히 없었다. 제물이 될 뻔했던 자들 중 의식이 있는 30여 명이 가온의 곁으로 모인 것이다.

마비에서 풀린 30여 명은 종족은 달랐지만 안색이 무척 창백했다.

죽을 정도는 아니지만 꽤 많은 피를 흘렸으니 당연한 일이다.

'하나같이 강자들이네.'

대체 왜 마신의 사제들에게 이런 꼴이 되었는지 이상할 정
도로 강자들이다.

체내에 있는 마나와 마력의 양이 아니더라도 마나오션의
크기나 마력 링의 숫자를 보면 소드 마스터나 6서클 마스터
마법사에 해당했다.

다만 설인족은 마나오션이 따로 없는 대신 전신에 고루 특
이한 성질의 마나가 퍼져 있었는데 그 양이 엄청났다.

"샬테인이라고 합니다. 살려 주신 은혜에 감사드립니다!"

"로쿠라고 합니다. 덕분에 영혼을 마신에게 **빼앗기지** 않
을 수 있었습니다."

여기저기에서 자신의 이름을 밝히며 감사한다는 마음을
표명하는 이들을 둘러본 가온은 일단 손을 들어 그들의 행동
을 제지했다.

"나는 아니테라 용병단의 단장 온 훈이라고 하며 이들은
대주들입니다. 그리고 여러분을 구한 것은 운이 아주 좋았습
니다."

가온은 차원 의뢰를 수락하면서 어떤 신분으로 활동할지
미리 정해 두었다.

가온이 자신과 일행을 소개하자 종족은 다르지만 31명이
일제히 허리를 깊게 굽히거나 가슴에 한쪽 주먹을 대고 고개

를 숙이는 등 각자의 전통에 따라서 인사를 했다.

"우리는 최근 우리 영역에 나타나서 살육을 저지르는 마족의 무리를 쫓아서 이곳까지 왔습니다. 여러분은 마신 테라르의 사도나 사제에게 쉽게 당할 실력이 아닌 것 같은데, 왜 이런 고초를 당하고 있는 겁니까?"

먼저 나서서 대답을 하려던 사람들은 눈짓을 교환하더니 각 종족에서 한 명씩 앞으로 나섰고 나머지는 그 뒤에 자리를 잡고 앉았다.

먼저 입을 연 사람은 머리도 수염도 제법 많이 센 장년의 마법사였다.

"훌랏 마탑의 레이선이라고 합니다. 아까 간절하게 보낸 텔레파시를 받으신 분이 온 훈 님이시죠?"

"맞습니다."

"예상이 맞았군요. 사실 온 훈 님과 동료분들은 어떤 상황인지 몰라도 저희는 오랫동안 수련해 온 마나나 마력을 제대로 사용할 수 없습니다."

"좀 더 자세히 설명해 주실 수 있습니까?"

"마음에 맞는 동료들과 힘을 합쳐서 마신의 추종자들과 격렬한 전투를 치르고 연공을 하던 중에 놈들이 바람에 마비독을 퍼뜨리는 바람에 이렇게 되었습니다."

"그 부분은 제가 추가로 말씀드릴게요."

레이선에 이어 입을 연 사람은 엘프족 여인으로 이마에

세계수의 가지를 꼬아서 엮은 것으로 보이는 끈을 두르고 있었다.

"새벽의 고요 일족의 헤벨이라고 해요. 대략 10여 년 전에 전 세계에 걸쳐서 엄청난 에너지 이변 상황이 벌어졌어요."

"에너지 이변이라고요?"

기상 이변도 아니고 에너지 이변이라니 호기심이 커졌다.

"네. 이전의 대기에는 자연지기를 비롯해서 정령력이나 마나가 풍부했지만 지금은 생소한 성질의 에너지들이 그 자리를 대체한 상태라 지금은 자연지기나 마나는 10년 전에 비해서 3할에도 미치지 못해요. 그러니 우리 일족의 경우 정령을 소환해도 오래 머물 수가 없고 정령력을 사용할 경우 이전에 비해 3배가 넘는 시간을 들여야 간신히 회복할 수 있어요. 당연히 정령력을 쌓는 속도까지 눈에 띄게 느려졌고요."

대기 중의 에너지의 비율이 이렇게 극단적으로 변하는 전 세계적인 에너지 이변 사태라니 이해가 가질 않았다.

가온은 동료들에게 의념을 보냈다.

'당장 마나 회복 속도를 살펴봐!'

ㅡ……채워지는 속도가 너무 느립니다!

ㅡ대기 중의 마나 함량이 너무 적습니다!

ㅡ정령력도 마찬가지입니다!

모두 정령력이나 마나의 운용에 정통한 만큼 탄 차원이나 아이테르 차원과의 차이점을 금방 파악했다.

-마력 서킷을 연공해 봤는데 마력도 빠르게 채워지지 않아요.

-신성력은 별 변화가 없어요.

신성력을 제외한 나머지 에너지는 헤벨의 말대로 굉장히 희박한 것이 사실인 것이다.

"우리가 오랫동안 세상에 떨어져 지내서 그런데 대체 10여 전에 무슨 일이 있었던 겁니까?"

아무 이유 없이 에너지 이변 현상이 발생했을 것 같지는 않았다.

"확실한 것은 아니지만 더 이상 국가 체제를 유지할 수가 없어서 수많은 왕국과 제국이 해체되는 바람에 이전처럼 던전을 공략하지 못하고 방치한 것이 대기의 에너지 이변 현상의 원인이 아닌가 의심하고 있습니다. 저는 거대한 주먹 망치 일족의 대전사장 맹갈이라고 합니다."

한동안 제대로 먹지 못했는지 드워프족답지 않게 바싹 마른 드워프족 전사가 끼어들어서 그렇게 말하자 나머지 사람들이 모두 고개를 끄덕였다.

"전 묘인족 페샤 일족을 이끄는 아가르타라고 해요. 저도 맹갈 대전사장의 말이 맞는다고 생각하지만 좀 더 자세하게 말하면 대략 50년 전쯤에 나타난 마계와 관련된 던전들을 공략하지 못한 것이 가장 큰 이유일 것 같아요."

"이곳처럼 마계에 연원을 둔 던전입니까?"

"네, 은인. 던전이 이 세상에 나타난 것은 아시다시피 수천 년 전부터였어요. 당시 던전을 공략하고 받는 보상이나 던전에 서식하는 마수나 몬스터를 사냥해서 얻은 전리품은 당시 마나석 고갈로 인해 어려움을 겪고 있던 인간에게 큰 도움이 되었어요."

아마도 이 세계의 에너지는 지구와 달리 지하자원에 해당하는 마나석에 많이 의존하고 있었던 모양인데 고갈이 되자 마정석으로 대체한 모양이다.

"그렇기에 인간의 경우 국가 단위, 그리고 다른 아인종의 경우 종족 차원에서 영역 내에 생긴 던전들을 공략하면서 적절하게 관리를 해 왔는데, 80여 년 전부터 대략 70년간 전 세계에 걸쳐 광범위한 가뭄이나 홍수와 같은 기상이변으로 인해 농사를 망치고 식량이 부족해지자 인간을 포함한 모든 아인종 사회가 대부분 무너지고 말았어요. 정의보다는 돈 아니, 식량을 구하기 위해서 모두 눈이 벌게져 버렸거든요."

이 세상은 탄 차원이나 아이테르 차원과 달리 마수와 몬스터의 창궐 때문이 아니라 전 세계에 걸친 가뭄과 홍수와 같은 기상이변이 오랫동안 지속되자 사회체제가 무너진 것이다.

"나는 화이트블루 일족의 족장 샴이오. 묘인족 여왕의 말이 맞는 것 같소. 우리 일족도 왕국은 아니지만 거대한 도시를 만들어서 지금까지 살았지만, 설산 산맥에서는 거의 유일한 가축으로 키우던 고뿔들이 대거 병에 걸려 죽어 버리는 바람에 극심한 식량난이 발생했고, 제대로 식량을 확보할 길이 없어서 결국 일족들이 뿔뿔이 흩어졌소. 그러니 던전을 공략하려고 해도 할 수가 없는 상황이었소. 당연히 마계와 연결된 던전들이 방치되어 그 결과 우리가 이런 꼴이 되고 말았소."

자신을 화이트블루 일족이라고 자신을 소개한 건장한 체구의 설인족 족장의 말까지 더하자 그림이 그려졌다.

"흐음. 이 던전처럼 농후한 마기가 흘러나오는 곳들을 방치했고 결국 브레이크가 동시다발로 발생하는 바람에 대기 중의 마기 농도가 높아지고 기존의 자연지기나 마나의 농도가 낮아졌다고 이해하면 되겠군요. 맞습니까?"

가온의 질문에 다섯 명은 물론 그 뒤에서 오가는 대화를 듣던 사람들도 고개를 끄덕였다.

"그럼 던전들을 모두 닫아도 대기의 에너지 이번 현상을 해결할 수가 없겠군."

가온은 덤덤한 얼굴로 혼잣말을 했지만 그걸 듣는 사람들의 얼굴은 딱딱하게 굳어 버렸다. 그의 말대로 돌이키기에는 이미 늦었다고 생각한 것이다.

그때 레이선이 외쳤다.

"아, 아닙니다! 방법이 없는 건 아닙니다!"

"방법이 있단 말입니까?"

가온은 상황이 이렇다면 자신의 의뢰는 포기하고 다이트 제국의 대황녀로부터 받은 의뢰만 수행하려고 마음을 먹었다가 레이선이 외치는 말에 그를 주시했다.

"우리 마탑은 물론 많은 마탑에서 공동으로 연구한 결과 마기는 흡수해서 마정석처럼 압축을 시키거나 다른 차원으로 날려 보내는 초대형 마법진을 사용한다면 충분히 대기 중의 마기 농도를 낮출 수 있습니다. 마기는 별개의 에너지가 아니라 자연지기나 마나가 변질된 것이니까요."

"그런 마법진이 있다면 왜 사용하지 않은 거죠?"

엘프족의 헤벨이 물었다.

"그건, 사실 이 문제를 해결하려면 초대형의 마법진 수만, 아니 수십만 개 필요합니다. 모든 종족이 합심해서 동시에 마법진을 만들고 활성화하는 문제도 있고요."

"하아! 국가 단위가 무너진 지금으로서는 불가능하군요."

"그렇긴 하지만 노력하면……."

"소용없소. 우리가 아무리 얘기를 해도 대부분의 사람은 아직도 부족한 식량을 구하는 일에만 관심이 있으니 말이오."

설인 족장 샴의 말에 다른 이들은 물론 의견을 낸 레이선도 결국 고개를 떨어뜨렸다.

"그렇게나 식량 사정이 안 좋습니까?"

가온이 인구가 당연히 가장 많을 것으로 예상되는 인간족 마법사인 레이선에게 물었다.

"네. 무려 70년에 걸친 전 세계적인 가뭄이나 홍수와 같은 기상이변만이 아니라 마기의 영향으로 꽃은 피지만 제대로 된 열매를 맺지 않습니다. 농사를 지어도 수확량은 2할에도 못 미치고 그마저도 제대로 된 낟알이 달리지 않습니다. 곡식들은 물론이고 식물들도 마찬가지입니다. 그러니 식물을 먹고 살아가는 초식동물, 초식동물을 먹고 사는 포식 동물도 결국 영향을 받게 됩니다. 70년에 걸친 고난의 시기에 죽은 인간이 절반이 넘습니다."

"결국 이전부터 던전을 빠져나와 번식한 마수와 몬스터만 제 세상을 만난 거지요. 그런 놈들은 상한 것을 먹어도 아무런 탈이 나지 않으니 말이에요."

묘인족인 아가르타의 말에 다들 바닥이 꺼져라 한숨을 내쉬었다.

'하아! 골치 아픈 상황이네.'

아무래도 고민을 좀 해 봐야 할 것 같았다.

가온은 마툰 세상 전체가 에너지 이변 현상으로 힘들어하고 있다고 생각했는데 그건 아니었다.

"상황이 이리되었음에도 성국(聖國)들은 꼼짝도 하지 않고 있으니. 자칭 신을 모신다는 자들이 어찌 이럴 수가 있습니까!"

뒤쪽에 있던 인간 소드 마스터가 비분강개한 모습으로 소리치자 다들 얼굴이 일그러졌다.

"성국은 이 사태에서 비껴간 겁니까?"

굳이 성국이 뭐냐고 물을 필요가 없었기에 그렇게 물었다.

"그들은 초대형 신성 결계를 통해서 대기와 대지를 오염시킨 마기를 정화할 수 있으니 그들의 영역은 곡식이 정상적으로 자라고 가축도 아무런 이상이 없을 수밖에요."

"하지만 성국을 탓할 수는 없습니다. 성국의 영토는 원래 작았고 그들도 이미 한계까지 사람들을 받아들인 상황이라 자체적으로 불임 시술까지 하고 있는 상황입니다."

"아무리 그래도 자신들만 살자고 아예 영역을 개방하지 않는 것은 너무한 처사입니다. 성국 밖에도 신자들은 많습니다!"

"사람들이 안심하고 살 수 있는 영역을 구축할 수 있는 성자와 성녀가 더 이상 탄생하지 않고 있어 성국들도 미래가 불투명하다는 소문을 들은 적이 있습니다. 그래도 성국의 성기사와 사제 들이 주기적으로 영역 근처를 정화하기 때문에 그나마 수많은 사람들이 그쪽에 자리를 잡고 살아가고 있으니 비난할 수도 없습니다."

"하아! 마신의 교세는 날로 강성해지는데……."

일단 물꼬가 트이자 뒤에 물러나 있던 사람들이 이런저런 얘기를 나누었다.

이전이었다면 서로 말도 섞지 않을 사이였지만 세계적인 기상이변으로 힘을 잃고 삶 자체가 불안정한 상황이라서 동병상련의 마음을 느끼게 된 것이다.

"국가 단위의 사회가 대부분 무너졌다면 현재 사람들은 어떻게 사는 겁니까?"

가온이 레이션 마법사를 쳐다보며 물었다. 아무래도 인간들이 가장 사회적인 성향을 가지고 있을 테니 말이다.

"성국과 상관이 없는 사제나 고위급 마법사 들이 있는 도시들은 마기를 막는 결계나 마법진이 있어서 비교적 안전하지만 다른 도시는 이미 마신을 믿는 무리가 식량을 빌미로 포교를 하고 있습니다. 더 화가 나는 것은 사람들이 먹을 것만 주면 주저하지 않고 마신을 숭배한다는 겁니다. 마신을 믿는 무리가 많아질수록 세상의 파멸이 더욱 빨라진다는 사실을 모르는 거지요."

"분하지만 우리는 마기가 섞여 오래 먹으면 광증에 빠지게 되는 곡물조차 재배할 수 없는 상황이에요. 사냥을 하려고 해도 이젠 짐승 대부분이 마화가 된 상태라 먹을 수가 없고요."

그렇게 말하는 묘인족 여왕이나 사람들의 얼굴은 침통했다.

가온은 일단 이 세상에 대한 것은 대충 파악했다고 생각했다.

"사람들이 하나둘 깨어나는 것 같으니 일단 던전 밖으로 나갑시다. 이 던전이 붕괴될 때까지 시간이 걸리겠지만 이렇게 마기가 짙은 곳에 오래 있으면 몸에 좋지 않습니다. 함께 식사라도 하면서 더 얘기를 하지요."

"네? 아! 네!"

식사라는 말에 사람들의 눈빛이 확 달라졌다.

'쯔쯧! 어지간히 굶주린 모양이군.'

그리고 보니 대부분이 키와 상관없이 다들 엘프족처럼, 아니 엘프족보다 더 마른 것 같았다.

가온은 아공간 주머니 하나를 아레오에게 건네주었다.

"아레오, 아나샤, 이 안에 마른 나무들이 있으니 먼저 나가서 불을 좀 피워 줘."

바깥이라고 해 봐야 설산 사이의 계곡 아래쪽이니 추울 수밖에 없었다. 한기를 막을 천막과 모닥불 정도만 제공하면 된다.

'제대로 먹지도 못하는 상황에서 지금까지 수련했던 마나를 제대로 사용할 수 없으니 실력을 발휘하지 못한 모양이네.'

현재 마비에서 풀린 이들은 모두 전사로 치면 소드 마스터 이상의 실력을 가지고 있음에도 왜 마신을 추종하는 사제들에게 붙잡혔는지 이해가 가질 않았는데 어느 정도 이해할 수 있었다.

가온의 말대로 마비에서 깨어나는 이들이 빠르게 늘어났다.

먼저 깨어난 이들은 그런 이들과 함께 힘을 합쳐서 동족 혹은 다른 이들을 밖으로 내보내기 시작했다.

차원석은 석상의 부서진 기단부 속에 있었다.

막 차원석을 빼려고 하던 가온의 눈빛이 강렬해졌다.

'차원석이 초대형 마법진의 코어 역할을 하고 있어.'

차원석은 바닥 아래로 이어진 좁은 관을 통해 모이는 대량의 혈액 속의 생명력을 흡수해서 마신의 분혼이 깃든 석상에게 전달해서 인간과 동일한 육체로 바꾸는 역할을 한 것 같았다.

가온은 차원석이 박힌 곳 주위를 심안으로 꼼꼼하게 살폈다. 그리고 두 가지 소득을 얻을 수 있었다.

'영석으로 이루어진 미세 마법진이 있어!'

다른 바닥에는 미세 마정석이 박혀 있었지만 기단 주위의 바닥에는 영석인데 크기가 아주 작지만 상급 영석에 해당하는 영력을 품고 있는 영석들이 박혀 있었다.

지난번에 흡발석을 통한 기연을 얻었을 때를 생각해 보면 이 미세 영석들이 만든 마법진은 일종의 흡발석 역할을 한 것 같았다.

'미세 영석으로 이루어진 마법진과 차원석은 무려 2천 명이나 되는 제물의 피에 있는 생명력을 흡수해서 마기와 함께 분혼이 깃든 석상에 전달하고 있던 것이 틀림없어!'

제대로 연구를 하면 흡발석이 없더라도 다시 차원석에서 원하는 에너지를 끌어낼 수 있을 것 같았다.

바로 단검을 꺼낸 가온은 오러 블레이드를 생성해서 미세 영석들이 박힌 공간을 통째로 도려냈다. 그 과정에서 이 신전의 바닥이 대리석의 일종이며 두께가 무려 1미터에 달한다는 사실까지 알 수 있었다.

그렇게 통째로 차원석을 중심으로 반경 10미터에 달하는 거대한 마법진을 확보한 가온은 초대형 텔레포트 마법진도 탐이 났다.

'대응 마법진이 어딘가에 있기는 하겠지만 아공간에 넣을 것이니 상관은 없겠지.'

미세 마정석으로 이루어진 텔레포트 마법진이 한꺼번에 200명이나 공간 이동을 시킨 것으로 보아 나중에 쓸데가 있을 것 같았다.

가온은 아까 봤던 대로 텔레포트 마법진을 통째로 잘라내어 차례대로 아공간에 집어넣었다.

누가 이 신전을 만들었는지 모르겠지만 두께가 1미터나 되는 대리석을 일정한 크기로 정교하게 재단해서 이어 붙였기 때문에 이제 신전의 바닥은 울퉁불퉁한 원래 동굴 바닥이 드러났다.

마지막으로 차원석을 챙기자 던전이 급속도로 붕괴되기 시작했다.

'가만!'

무언가 생각이 난 가온이 차원석을 다시 제자리로 꽂자 던전의 붕괴가 멈추었다.

'이런 곳이 다시 나타나면 안 되지!'

의뢰를 떠나서 마신의 분혼이 차원 이동을 할 수 있는 이런 던전은 완벽하게 소멸을 시켜야만 했다.

가온은 세 무리의 영충을 불러냈다.

텔레포트 마법진이 있던 바닥과 미세 영석으로 이루어진 작은 마법진이 있던 바닥을 제외하면 신전 대부분은 아직 멀쩡했다.

이 신전의 바닥과 벽 그리고 천장에 쓰인 대리석의 정체는 알 수 없지만 농후한 마기를 담고 있는 것은 확실했으니 이대로 놔두면 던전이 다시 생성될 때 동일한 신전이 함께 나타날 수도 있었다.

'모조리 먹어 치워!'

세 영충 무리라면 마신을 추종하는 마인 사제들의 사체까지 포함해서 이 신전까지 완벽하게 처리할 수 있었다. 게다가 놈들은 모두 마기를 흡수하는 능력을 가지고 있었다.

사각! 사각! 사각!

이젠 수를 헤아릴 수도 없는 엄청난 영충들이 마치 경쟁이라도 하듯 신전 건물을 갉아 먹기 시작했다.

숫자가 많아서 그런지 아니면 놈들의 포식 능력이 높은 건지는 몰라도 불과 10분도 안 되어 신전 건물은 물론 거대한 기둥까지 사라졌다.

마기가 농후한 신전 건물을 먹어 치워서 그런지 꽤 많은 숫자의 영충이 꼼짝도 하지 않고 몸을 웅크리고 있었다. 진화를 준비하는 것이다.

영충을 다시 전용 아공간으로 돌려보낸 가온은 홀가분하게 던전을 빠져나왔다.

거대한 설산 사이 작은 분지의 공기는 어느새 훈훈해지고 있었다. 200개나 되는 커다란 모닥불이 피워진 것이다.

설인들을 제외하고는 추워하는 것이 정상일 정도로 기온이 낮았고 한기를 머금은 바람이 불고 있어서 잘 마른 나무로 피운 모닥불의 열기가 이제 막 정신을 차리고 있는 사람들의 몸을 따뜻하게 데워 주었다.

가장 늦게 던전에서 나온 가온은 아레오와 아나샤를 제외한 나머지 대원들로 하여금 비바람을 피할 수 있는 거대한 천막들을 아공간에서 꺼내 주도록 했다. 다들 부대를 이끌고 있는 대전사장들이라서 아공간 주머니에 보급품을 챙기고 있었다.

원래 이렇게까지 할 생각은 아니었는데 오들오들 떠는 이들이 있어서 안쓰러웠다.

두툼한 가죽으로 만든 천막에 특히 인간족과 엘프족이 가장 기뻐했다. 태생적으로 한기에 강한 설인족이야 말할 필요도 없고 수인족이나 드워프족의 경우 털이 많아서 두 종족보다는 한기를 잘 버틸 수 있었기 때문이다.

대전사장들이 내놓은 천막은 초대형으로 100명이 들어갈 수 있는 크기라서 모닥불까지 들어갈 수 있었다.

텐트의 네 가장자리에 마정석 등을 달고 켜자 천막 내부는 무척 밝았고 무엇보다 모닥불의 열기가 주위로 흩어지지 않아서 금방 따듯해졌다.

"우와! 감사합니다!"

"안 그래도 추웠는데 정말 고맙습니다!"

사람들이 다투어 대전사장들에게 감사 인사를 했다.

그런 모습을 지켜보던 가온은 조금 심란해졌다.

'그나저나 이들을 어떻게 원래 살던 곳으로 돌려보내지?'

공중 정찰을 할 때 확인했지만 이곳은 설산들이 끝없이 이어진 거대한 산맥 한가운데에 있었다.

아무리 소드 마스터나 7서클 마법사라도 설산 산맥을 벗어나려면 꽤 고생해야 할 텐데 대부분 그보다 실력이 낮으니 힘든 일일 것이다.

아레오와 아나샤는 2천인 분에 해당하는 빵과 우유 그리고 말린 고깃덩어리를 가온에게 받아서 사람들에게 나눠 주었다.

그렇게 천막으로 한기와 바람을 막고 먹을 것까지 제공받자 자신의 무리를 챙기던 이들이 가온과 두 여인이 천막을 치는 것을 보고 다투어 달려와서 거들었다.

천막을 치고 안으로 들어가서 마정석 등까지 밝히자 눈치를 보던 사람들이 하나둘 안으로 들어와서 모닥불을 피우는 것까지 거들었는데 숫자가 일흔두 명이나 되었다. 나름 무리의 리더일 것이다.

가온을 따라 모닥불가에 자리를 잡은 사람들은 알아서 자신의 자리를 잡았는데, 가온과 가까운 곳일수록 강자들이거나 일족을 이끄는 우두머리였다.

아레오와 아나샤는 활활 불타는 나무 일부를 옆으로 꺼내 커다란 냄비를 올렸다. 물론 물이 가득 든 물주머니는 진작에 꺼내 두었다.

얼마 후 물이 끓자 두 여인은 옆구리에 차고 있던 작은 주머니를 풀어 마른 찻잎을 꺼내 냄비에 넣자 향긋한 향이 천막 안을 가득 채웠다.

마침 사람들을 챙기던 대전사장들이 하나둘 들어오자 아레오와 아나샤는 나무 잔에 가득 차를 담아서 건네주었다. 그리고 그 모습을 멍하니, 아니 침을 흘리며 쳐다보는 이들에게도 찻잔을 돌렸다.

따듯하고 향긋한 차를 한 모금 마시고 나자 사람들의 얼굴

이 비로소 풀어졌다. 지금까지 남아 있던 긴장감이 따뜻한
차 한 잔에 풀리고 만 것이다.

'이제 진지하게 대화를 나눌 수 있겠군.'

새로운 권속

추가적인 대화로 이 세계에 대한 상식은 어느 정도 파악했다.

"그런데 앞으로 어떻게 할 생각입니까?"

"우리 일족이야 원래 이곳에서 태어나고 자랐으니 원래 살던 곳으로 갈 생각이오."

설인족이야 당연한 결정이었다.

"설산 산맥을 벗어나는 건 힘들겠지만 저희 역시 보다 안전한 숲을 찾아갈 생각이에요."

그렇게 말하는 하이엘프인 헤벨의 얼굴은 이상할 정도로 처연했다.

"그대 일족이 사는 곳으로 가지 않는 겁니까?"

"이곳으로 온 사람들을 빼고는 다 죽었어요. 아까 확인해 봤는데 카마 대수림에 터를 잡고 살아왔던 22개의 부족이 테르라 마신의 추종자와 마물에 공격을 받아서 이 꼴이 되었더라고요. 돌아가 봐야 대수림은 이미 황폐해진 상태고 이번의 공격으로 세계수까지 소멸되었어요. 어떻게 해서든 근거지를 마련하고 힘을 모아서 복수를 할 생각이에요!"

감정에 휘둘리는 법이 거의 없는 하이엘프와 어울리지 않게 헤벨의 얼굴에는 끔찍한 살기가 떠올라 있었다.

"우리 드워프족은 조상들이 잠시 머물던 지하 도시로 몸을 피한 후 힘을 키울 생각입니다. 빵버섯이야 어디에서든 재배할 수 있지만 지하수와 채굴할 광맥이 끊겨져서 떠난 곳에서 어떻게 살아가야 해야 할지 모르겠군요. 게다가 우리는 엘프족과 달리 마신의 추종자들에게 잡혀 있는 상태라서 마음 편하게 살기도 힘드오. 후유!"

엘프족이야 가족이 모두 학살을 당했으니 복수를 택할 수밖에 없지만 드워프족의 경우 가족들이 쓸모가 있다는 이유로 붙잡혀서 부림을 받는 상황이니 운신하는 데 어려움이 있을 수밖에 없었다.

"다들 어려운 상황이네요. 저희 수인족도 드워프족과 상황이 비슷해요. 각 부족을 이끌던 지도자와 전사 그리고 주술사 들이 대부분 이곳으로 끌려왔지만, 나머지는 놈들의 손아귀에 잡혀 있기 때문에 어떻게 해야 할지 모르겠어요. 뭐 그래도 일단 돌아가야겠지요."

묘인족 여왕인 아가르타는 어떻게 해야 할지 결정을 내리지 못하고 있었다. 복수를 하고 싶지만 잡혀 있는 일족이 걸리는 것이다. 견인족, 호인족, 여우족 등도 비슷한 상황이었다.

마지막은 인간들로 8할은 전사나 기사였고 나머지는 마법사였다.

"우리는 일단 설산 산맥을 벗어날 때까지는 함께 움직일 생각이지만 그 후에는 각자 갈 길을 가기로 했습니다. 아쉽습니다. 아무리 마나와 마력 사용에 제한이 있다고 하더라도 이렇게 많은 강자라면 뭔가 큰일을 할 수 있을 것 같은데……."

레이선의 말대로 이 정도의 전력이라면 큰일을 할 수 있긴 했지만 의견이 갈리니 어쩔 수 없었다.

그렇게 다섯 무리의 거취가 밝혀지자 분위기는 무척 무거워졌다.

그때 던전에 있을 때부터 가온을 향해 묘한 눈빛을 던지던 아가르타가 입을 열었다.

"그런데 온 훈 님 일행은 어떻게 하실 생각이세요?"

"그 전에 온 훈 님은 어떻게 아시고 마신의 던전을 찾아내신 거예요?"

아가르타의 질문에 대답을 하기도 전에 하이엘프인 헤벨

이 물었는데 다들 궁금한 얼굴이었다.

"사실은 마신 테라르의 사도를 쫓고 있었습니다."

"우리 일족을 학살한 자들이 탐식의 마신 테라르를 추종하던 자들이었군요. 의뢰였나요?"

이제야 자신들을 잡은 자들의 정체를 알게 된 헤벨이 눈을 빛내며 물었다.

"맞습니다."

가온이 자신을 용병단 단장으로 소개했으니 그렇게 생각하는 것이 어쩌면 당연한 반응일 것이다.

"혹시 저희가 의뢰를 해도 될까요?"

"어떤 의뢰를 말하는 겁니까?"

"마신 테라르를 추종하는 모든 존재를 말살해 주세요. 대가는 카마 대수림 출신의 엘프족 전사 400명의 목숨이에요."

"……설마 제 노예라도 되겠다는 말입니까?"

이 정도면 용병단에 가입하겠다는 것이 아니니 확실하게 의중을 파악해야만 했다.

"네! 정확하게 맞아요! 일족의 원수를 갚을 수만 있다면 기꺼이 온 훈 님의 노예가 되겠어요!"

일족을 모두 잃은 것은 안타까운 일이지만 하이엘프가 이렇게까지 나올 줄은 몰랐다.

장내가 숨소리 하나 들리지 않는 것이 가온만 당황한 것이 아니라 다른 이들 모두 비슷한 것 같았다.

예지몽으로
히든랭커

"상의는 한 겁니까?"

심안으로 확인한 헤벨의 경지는 소드 마스터 중급 이상이다. 어차피 의뢰 때문에 해야 할 일인데 헤벨이 이렇게 나온다면 거부할 가온은 아니었지만, 생각하지도 못한 일이라서 확인을 했다.

헤벨은 대답 대신 대전사장에 해당하는 22명의 엘프를 차례로 쳐다보았다. 그러자 그녀의 시선을 받은 엘프들이 빠르게 고개를 끄덕였다.

'모두가 같은 일족도 아닐 텐데.'

그만큼 엘프들은 복수를 위해 뭐든지 내놓을 각오인 것이다.

"비록 에너지 이변으로 인해서 정령술도 제대로 펼치지 못하고 정령력의 회복력이 떨어져서 활용도는 많이 떨어지겠지만, 마신 테라르의 추종자들을 말살할 수 있다면 저희의 목숨까지 내놓을 수 있어요."

감정보다 이성이 강한 엘프족답지 않은 결정이지만 천막 안에 있는 엘프 중 누구도 반론을 제기하지 않았다.

"좋습니다! 어차피 해야 하는 일이니 기꺼이 엘프족을 받아들이겠습니다."

"감사해요, 주인님!"

헤벨이 벌떡 일어나더니 다른 엘프들에게 눈짓을 했다. 그러자 그녀까지 총 23명의 엘프가 가온 앞으로 나오더니 처음

보는 정령을 소환한 후 밝게 빛나는 자신의 황금색 머리카락을 뽑아서 넘겨주었다.

"계약의 정령 렉스여, 엘프족의 헤벨은 이제부터 생이 다할 때까지 인간족인 온 훈의 노예가 될 것을 맹세한다. 내 정령력의 5푼으로 영혼의 계약을 주선하라!"

"계약의 정령 렉스여! 엘프족 전사 카마엘은 이제부터 생이 다할 때까지 인간족인 온 훈의 노예가 될 것을 맹세한다. 내 정령력의 5푼으로 영혼의 계약을 주선하라!"

이름만 다를 뿐 동일한 내용의 맹세를 한 22명의 엘프가 지팡이를 들고 있는 정령에게 그렇게 맹세를 하면서 환하게 빛을 내는 머리카락을 넘겨주었다. 말리고 말고 할 여유도 없이 진행된 일이었다.

ㅡ인간족의 온 훈은 나오세요!

아이 머리통 크기에 불과했지만 마치 여신처럼 신성해 보이는 정령이 입을 열었다.

"내가 온 훈이다."

ㅡ인간 온 훈은 그대의 노예가 되고자 하는 엘프족들의 영혼을 받아들여 권속으로 삼겠는가?

너무 급하게 일이 진행되는 바람에 별생각은 하지 못했지만, 가온은 굴러 들어온 떡을 거부할 생각은 전혀 없었다.

400명이 아니라 이 자리에 있는 23명의 엘프만 거둔다고 해도 충분히 만족했다.

"그렇게 하겠다!"

–그대의 머리카락을 다오.

가온이 머리카락을 뽑아서 렉스라는 이름의 정령에게 넘겨주자 그녀는 그의 머리카락에 스물세 가닥의 머리카락을 교묘하고 빠른 손놀림으로 꿰었다. 그리고 입을 벌려 신성한 화염을 방출해서 태웠다.

그 순간 가온은 23명의 엘프의 영혼과 자신의 영혼이 이어지는 것을 똑똑히 느낄 수 있었다.

–이로써 영혼의 계약이 완성되었다! 다른 할 말이 더 있는가?

렉스의 의념에 헤벨이 다시 입을 열었다.

"계약의 정령 렉스여, 더 많은 계약이 기다리고 있다."

–얼마든지!

"주인님, 밖으로 나가시지요."

성격이 급한 건지 아니면 이참에 마무리를 지을 생각인지는 모르지만 결단력 하나만은 감탄할 수밖에 없는 헤벨의 행동에 가온은 고개를 끄덕이며 그녀의 말을 따르기로 했다.

헤벨을 위시한 엘프 대전사장들은 엘프족이 모여 있는 곳으로 가서 계약에 대한 건을 설명했는데 내용은 길지 않았다.

"마신의 제물이 될 뻔한 우리의 목숨을 구해 주시고 마신 테라르의 강림을 막았으며 마신의 추종자들을 말살한 아니테라 용병단의 단장인 온 훈 님께 부탁을 드렸다! 마신 테라르의 추종자들을 모조리 말살해 주시는 대신 우리는 기꺼이 노예가 되겠노라고! 우리를 따를 자들은 계약의 정령 렉스에게 자신의 머리카락을 뽑아 건네고, 다른 생각을 가진 이들은 뒤로 물러나라!"

각자 다른 생각이나 가치관을 가졌을 테고 개인적인 상황이 다를 텐데, 신기하게도 나머지 엘프들은 한 명도 예외 없이 자신의 머리카락을 뽑아 렉스에게 주었다.

'특별한 머리카락이군.'

엘프들의 행동을 주시하던 가온은 그들이 뽑은 머리카락이 정수리 중앙에 난 것이며 황금색이라는 사실을 알 수 있었다. 그냥 수많은 머리카락 중 하나가 아닌 것이다.

나중에 알았지만 이 세계의 엘프들은 정수리 부위에 난 특별한 머리카락을 자신의 분신처럼 여긴다고 했다.

시간은 좀 걸렸지만 가온은 그렇게 총 400명이나 되는 엘프들을 권속으로 받아들였다.

'이들의 실력이라면 큰 도움이 될 거야!'

가온도 엘프들을 그냥 권속으로 받아들인 것은 아니다. 비록 대기 중의 정령력이 희박하다고는 해도 이곳에 비하면 아니테라는 풍부하다 못해 넘친다.

아니테라의 엘프들은 정령력도 사용하지만 전사들은 대부분 마나를 사용했기 때문이다.

그러니 이곳에서 정령력을 굳이 회복하려고 할 필요가 없었다. 모두 소모하면 아니테라로 건너가서 회복하면 되니 활동하는 데 지금과 같은 제약은 거의 사라지는 것이다.

그렇게 뜻하지 않게 새로운 아니테라의 주민을 받아들인 가온은 다시 천막 안으로 향했다.

온갖 고초를 겪고 겨우 살아나서 자신에게 귀속된 엘프들을 당장 아니테라로 보내 쉬게 하고 싶었지만, 지켜보는 눈이 있어서 어떤 행동을 하기에는 일렀다.

"하하하! 헤벨 님을 위시한 엘프족도 그렇지만 온 훈 님의 결단력도 정말 대단하네요. 수많은 사람의 미래가 걸린 일이 이렇게 빨리 결정되다니 놀랍고 신기합니다!"

레이선이 혀를 내두르며 말했다.

그때 뭔가 곰곰이 생각하는 것 같았던 드워프족 전사 맹갈이 형형한 눈빛으로 가온을 쳐다봤다.

"온 훈 님, 괜찮으시다면 저희 드워프족도 거둬 주시겠습니까?"

"드워프족까지 말입니까?"

"그렇습니다! 우리는 갈 길을 잃었습니다. 가족들이 잡혀 있기에 제대로 복수를 맹세할 수도, 그렇다고 가족을 버리고 새로운 곳으로 가서 새로운 삶을 살 수도 없습니다. 만약 온 훈 님이 저희 가족을 구하기 위해서 노력을 해 주실 것을 약속해 주신다면 기꺼이 온 훈 님의 노예가 되겠습니다!"

사실 가온은 엘프족보다는 드워프족이 더 끌렸다.

엘프족이야 아니테라의 주요 종족이지만 드워프족은 인구가 현저하게 적어서 아쉬웠기 때문이다.

이런 상황에 드워프족 400여 명이 가세한다면 타이탄 연구나 무기와 아이템 제작 등 아니테라에 큰 도움이 될 것이다.

"좋습니다! 그렇게 하지요!"

마신 테라르의 신전은 물론 사도와 사제 그리고 추종자들을 모조리 말살하는 것이야 자신이 당연히 할 일이고 드워프족을 수하로 거둔다면 그들의 가족의 안위는 당연히 신경을 써야 하니 걸릴 것이 없었다.

가온의 말에 활짝 웃은 맹갈이 팔뚝에 새긴 문신에 화기를 주입하자 허공에서 수정 망치가 나타났다.

"조상신이 내려 주신 태고의 망치를 걸고 맹세를 하겠습니다! 거대한 주먹 망치 일족의 족장 맹갈은 생이 끝나는 날까지 온 훈 님의 노예가 되어 무기를 만들고 적과 싸우겠습니다!"

그러자 기다렸다는 듯 그의 곁으로 온 붉은 수염의 늙은 드워프가 이었다.

"조상신이 내려 주신 태고의 망치를 걸고 맹세를 하겠습니다! 하얀 모루 일족의 족장 말쿠르는 생이 끝나는 날까지 온 훈 님의 노예가 되어 무기를 만들고 적과 싸우겠습니다!"

그 뒤로도 17명의 족장급 드워프가 수정 망치 앞에서 맹세를 했는데 끝나는 순간 신기하게도 수정 망치가 푸른 광채에 휩싸이더니 드워프들과 가온의 영혼에 푸른 끈을 이어 주었다.

당연히 그게 끝이 아니었다. 다시 천막 밖으로 나간 드워프족 지도자들은 일족들에게 설명을 했고, 8명을 제외한 모든 드워프가 온 훈의 노예가 될 것을 맹세하는 계약을 했다.

"저 8명은 마카르 일족 출신으로 광물 탐사를 위해 먼 곳에서 왔다가 재수가 없어 테라르의 사제들에게 붙잡혔기 때문에 고향으로 돌아간다고 합니다. 부디 용서해 주십시오."

맹갈의 설명을 들은 가온은 전혀 화가 나지 않았다. 당연한 일이니 용서하고 말고 할 것이 없었다.

가온은 그렇게 우연한 계기로 전혀 예상하지 않았던 권속을 얻을 수 있었다.

'양 종족을 합쳐서 소드 마스터만 무려 22명이야!'

엄청난 전력이다.

얼마 후 수인족들은 가온에게 감사 인사를 하고 일족이나 동료와 합류해서 설산 산맥을 떠났다.

그들은 사냥을 나왔다가 마신의 사제들에게 잡혔기 때문

에 근거지가 있으니 당연한 행보였다.

그건 인간들도 마찬가지였다. 살아남은 것에 감사하면서 무리를 지어 임시 숙영지를 속속 떠났다.

비록 설산 산맥의 규모가 굉장히 크지만 평균적인 실력으로 보아 고생은 좀 하겠지만 설산 지대를 빠져나가는 건 어렵지 않다고 생각한 것이다. 게다가 단독 혹은 소수로 움직이는 것이 아니다.

다들 50명 이상으로 무리를 이루었기에 위험하다고 생각하지 않았다.

가온은 이미 공중 정찰을 통해서 설산 산맥의 규모가 광대하다는 사실은 알고 있었지만 굳이 붙잡지는 않았다. 자신에게 기대지 않는 것만 해도 다행이었다.

다만 설인족은 고향이 멀지 않음에도 빨리 떠나지 않았고, 아가르타를 따르는 묘인족 50여 명은 여전히 남았다.

"할 말이 있습니까?"

가온은 자신의 주위를 얼쩡거리면서 눈치를 보는 아가르타에게 물었다.

"저희 묘인족 전사들도 온 훈 님께 복속을 할 수 있을까요?"

"고향으로 안 돌아가시고요?"

"다른 수인족과 달리 저희 백묘 일족은 이곳에 있는 전사들을 제외하고는 모두 죽임을 당했어요."

그럼 문제가 될 게 없어 바로 승낙하려고 할 때 아가르타가 급하게 다시 말을 이었다.

"하, 하지만 저희 묘인족은 엘프족이나 드워프족처럼 주종 계약은 할 수 없어요. 용병단장이라고 하셨으니 단원으로 계약을 했으면 좋겠어요. 나중에 반드시 우리 일족을 다시 일으키고 싶어요."

가온은 자신의 대답을 기다리는 아가르타를 비롯한 묘인족 전사들을 한번 훑어보았다.

'평균 실력이 익스퍼트 중급이면 전투력은 낮지 않은데 지금과 같은 상황에서는 큰 활약을 할 수 있을 것 같지는 않네.'

태생적으로 몸이 날렵하고 기민한 묘인족 전사들이지만 엘프족 전사들이 있는 상황에서 그런 장점은 두드러지지 않는다.

"그건 거절해야 할 것 같군요. 아니테라 용병단은 내게 귀속이 된 단원들만 있습니다."

아니테라에 대한 비밀 때문에 일반적인 용병 계약을 해서 묘인족을 고용할 생각은 없었다.

"아, 알겠어요. 그럼 저희도 가 볼게요!"

아가르타는 자신들의 목숨을 구해 준 것은 고맙지만 영혼까지 귀속되고 싶지는 않았기에 더 이상 부탁은 하지 않았다.

그렇게 아가라트 일행이 떠나자 자신을 화이트블루 일족의 족장이라고 소개했던 샴이라는 설인족이 떠나지 않은 이유를 밝혔다.

"여러분이 살던 지하 도시가 지금 마신의 사제들에게 장악당했다는 거군요?"

"그렇소. 목숨을 구해 준 은혜를 제대로 갚지도 못하고 이런 부탁을 하게 되어서 유감이지만 부디 저희 일족을 구해 주시오. 용병단이라고 했으니 합당한 대가를 치르겠소."

"마신을 따르는 자들의 규모를 파악하고 있습니까?"

"온 단장이 처치한 대사제와 같은 고위급 마족이 두 명, 그 이하의 사제에 해당하는 마족과 마인이 132명, 그리고 놈들에게 포교된 사제와 자칭 성기사라고 부르는 자들이 300여 명이 더 있소."

생각보다 규모가 컸다.

"그럼 그곳에도 신전이 있습니까?"

"있소. 아니, 신전이라기보다 원래는 설인족 전사의 묘역이었는데 대사제들이 마신의 신전으로 운용하고 있는 장소가 있소."

마신의 신전이 존재한다면 당연히 박살을 내고 소멸을 시켜야 한다.

"좋습니다!"

"고, 고맙소! 정말 우리 도시를 구해 준다면 우리 일족이 보유하고 있는 최고의 보물들을 모두 내놓겠소."

"주인님, 설인들이 사용하는 문자가 공용어와 다르니 아예 맹약의 계약서를 준비하겠어요."

곁에 머무르고 있던 헤벨이 자신이 끼고 있던 아공간 반지에서 두루마리 한 장을 꺼냈다.

가온은 생각지도 못했던 일이다. 그는 굳이 계약서를 쓸 생각까지는 없었기 때문이다.

하지만 계약은 계약이니 헤벨의 말대로 정확하게 처리하는 것이 좋다는 것은 당연하다.

"주인님, 제가 계약을 주도해도 될까요?"

가온은 헤벨의 말에 선선히 고개를 끄덕였다.

사실 자신을 제외하고는 이 세상의 공용어를 아는 사람이 없어서 자신이 해야 하는 일이지만 귀찮아서 누가 대신 한다면 무척 반가운 일이다.

"최고의 보물들이라고 했는데 어떤 것들인지, 수량은 얼마나 되는지 정확하게 기재하세요."

"그, 그게…… 하아! 알겠소. 우리 설인족에게 가장 귀중한 보물은 바로 근원석이오."

헤벨은 계약서를 작성할 때도 문구의 범위부터 시작해서 대가에 이르기까지 내용을 꼼꼼하게 확인했고 이견이 있는 사항은 부기(附記)를 하는 치밀한 면모를 보였다.

헤벨 덕분에 가온은 이 세계에서 가장 높은 등급의 거래에

서 사용되는 마법 계약서를 통해서 설인족 족장 샴과 계약을
마쳤는데, 샴을 포함한 설인족 수뇌부의 분위기가 이상하게
무거웠다.

'헤벨이 기대 이상의 활약을 펼쳤군.'

헤벨은 자칫 설인족이 문제를 삼을 수도 있는 부분을 명
확하게 함으로써 자칫 벌어질 수 있는 문제를 미연에 예방
했다.

설인족의 목숨을 구해 준 가온 입장에서는 그렇게까지 할
까 싶은 생각이 들었지만 정확한 헤벨의 처리는 마음에 들
었다.

'그래. 인간을 포함한 아인종의 마음을 어떻게 믿으랴.'

그가 지금까지 만난 아인종은 대부분 순수했지만 모두 그
럴 거라고 기대하면 안 된다는 사실을 다시 한번 깨우쳤다.

설인족이 사는 지하 도시 '잉겔트'는 이곳에서 걸어서 대략
사흘 거리에 있었다. 물론 쌓인 눈 위에서도 빠르게 이동할
수 있는 설인족 기준이다.

"우리는 먼저 가서 도시의 입구부터 봉쇄하겠소."

설인족은 자신들이 없는 동안 제대로 된 전사가 거의 없
는 지하 도시에 무슨 일이 생겼을까 봐 노심초사를 하고 있
었다.

"그렇게 하십시오."

가온은 그들에게 빌려주었던 천막은 물론 시르네아에게

말해서 400여 명이 사흘 동안 먹을 수 있는 양의 식량을 챙겨 주도록 했다.

"사실 최근 10여 년 동안은 사냥을 나가도 빈손으로 돌아오는 경우가 많아서 잉겔트까지 굶은 상태로 가는 것이 걱정이었는데, 정말 고맙소. 그럼 사흘 후에 잉겔산 기슭에서 봅시다."

계약에는 식량 제공과 같은 사항은 없었기에 샴을 포함한 설인족은 굉장히 기뻐하고 고마워했다.

특히 육포, 연료, 따듯한 차를 끓일 수 있는 커다란 솥 그리고 천막은 노숙을 하며 전력으로 이동할 생각이었던 설인족에게 큰 도움이 될 것이다.

그렇게 신전 던전에서 구한 이들 중 떠날 사람이 모두 떠났고 가온에게 귀속된 이들만 남았다.

"자, 우리도 갑시다! 다들 천막부터 챙겨!"

"네에? 무슨?"

새로 합류한 엘프족과 드워프족은 이제 해가 넘어가는 시간이라 기온이 빠르게 하강하고 있는 지금 어디로 이동을 한다는 가온의 명령에 이해가 가질 않았지만, 시르네아 등은 재빨리 천막을 모두 철거해서 아공간 아이템에 집어넣었다.

"아레오, 아나샤, 모둔에게는 미리 의념을 보내 두었지만 먼저 가서 도와줘."

"걱정하지 말아요, 온 랑."

두 사람이 먼저 홀연히 사라지는 모습을 본 엘프족과 드워프족들의 눈이 휘둥그레졌다.

분명히 보고 있는 상황에서 마치 공간 이동을 한 것처럼 두 사람이 사라진 것이다.

'공간 이동 마법인가? 하지만 마나의 유동은 전혀 없었는데.'

정령사이면서도 마법에 능통한 일부 엘프족은 도저히 이해할 수 없는 현상에 입을 다물지 못했고, 인챈트 계열을 제외하고는 마법에 문외한인 드워프족들도 깜짝 놀랐다.

'아무래도 간단하게 설명을 해야겠구나.'

이대로 아니테라로 보내면 충격이 클 것 같다는 생각이 들자 가온은 아니테라에 대해서 간단하게 설명을 했다.

"그럼 저희는 앞으로 이 세상이 아니라 아니테라라고 하는 세상에서 살게 되는 건가요?"

가온의 설명에도 불구하고 혼란스러워하는 엘프족과 드워프족을 대표해서 헤벨이 물었다.

"그렇다. 대신 그곳을 오갈 수 있는 사람은 나밖에 없고 여러분은 이곳으로 불러내고 보낼 수 있는 사람 또한 나밖에 없다는 사실만 알고 있으면 된다."

굳이 아니테라에 대해서 더 자세하게 설명할 필요는 없다. 건너가서 눈으로 확인하면 될 테니 말이다.

아니테라를 처음 본 엘프족과 드워프족은 한동안 아무 말도 꺼내지 못했다. 그저 경악한 얼굴로 생소한 세상을 둘러보느라고 정신이 없었다.

이곳은 그들이 살아온 마툰 차원과는 완전히 다른 세상이었다.

방금 전까지만 해도 눈밖에 보이지 않던 추운 설산 지대였는데, 여기는 생명력이 풍부하다 못해서 왕성한 풍요로운 땅이었다.

그들이 서 있는 곳의 한쪽은 이제 막 익어 가는 밀이 황금빛 바다처럼 넘실거리는 거대한 밀밭이 있었고, 그 뒤편으로는 풀밭이, 더 먼 곳은 누런 황무지였지만 지평선이 보일 정도로 광활한 평야가 펼쳐져 있었다.

다른 한쪽에는 잘 익어 가는 포도송이가 주렁주렁 달린 거대한 포도나무부터 시작해서 다양한 과일이 익어 가는 나무들이 자라고 있었으며, 그 중간에는 이름을 알 수 없는 꽃들이 지천으로 피어난 초지들이 있었다.

그리고 그 초지에는 소와 말, 염소, 양, 닭과 같은 가축이 한가롭게 풀을 뜯어 먹고 있어 목장임을 알 수 있었다.

시선이 다른 쪽으로 향하자 근사한 목조 건물들이 세계수처럼 거대한 나무들 사이로 서 있었는데, 그쪽에서 시끄러운 소리와 함께 사람들이 달리듯이 빠르게 걸어오고 있었다.

사방 중 마지막 방향에는 또 다른 거목들이 일정한 간격을 두고 서 있었으며 그 아래편에 나무로 지은 집들이 마을을 형성하고 있었다.

그러다가 달려오는 사람들이 선명하게 눈에 들어온 순간 엘프족들이 일제히 경호성을 질렀다.

"숲의 아이들이야!"

"이곳에도 다른 일족이 살고 있었어!"

"그, 그럼 처 거목들이 정말 세계수인 거야?"

달려오는 사람의 절반 정도는 그들과 신체적인 특징이 동일한 엘프가 확실했다. 걸친 복장은 좀 많이 달랐지만 말이다.

드워프들은 이제 주인이 된 가온이 다스리는 세상으로 건너와서 가장 먼저 왕성한 생명력과 풍요로움에 깜짝 놀랐다. 게다가 이렇게 많은 엘프족이 살고 있다는 사실에 놀라는 한편 부러움을 금치 못했다.

가까워지는 사람들을 유심히 지켜봤지만 드워프족은 없었다. 엘프족, 인간, 나가족밖에 보이지 않았기 때문이다.

'하아! 부럽다! 아니테라에 동족이 있으니 엘프들은 금방 이곳에 적응하겠구나.'

엘프는 동류의식이 드워프들만큼 강하니 이곳에 먼저 터를 잡은 엘프족이 도와줄 것이 분명했다.

'이렇게 풍요로운 곳이라면 우리 드워프족도 안전하고 평화롭게 살 수 있을 텐데.'

드워프들이 심란해져서 이런저런 생각을 하고 있을 때 멀리에서 달려오는 십여 명이 보였다.

그리고 그들이 가까워지는 순간 맹갈부터 시작해서 모든 드워프가 기뻐서 펄쩍펄쩍 뛰었다.

체형이나 외모로 보아 분명히 드워프들이었기 때문이다.

"우와아아아!"

생소한 곳에서 동족을 만나게 된 드워프들이 일제히 소리를 질렀다.

더욱 기쁜 것은 농장과 목장이 있는 곳에서 달려오는 이들도 있었는데, 순수 드워프족은 아니지만 드워프족의 피를 이어받은 혼혈이라 동족이라고 봐도 무방했다.

자신을 반겨 주는 같은 엘프족의 환영을 받자 헤벨을 비롯한 엘프족 전사들은 왠지 눈물이 나올 것 같았다.

이상하게 참극을 당했던 일족을 다시 만난 것처럼 가슴이 따뜻해졌기 때문이다.

다들 자기 일처럼 나서서 당분간 지낼 곳을 안내해 주고 다양한 생활용품도 나눠 주었다.

특히 안내자들은 통역 마법이 내장된 아이템을 가지고 있어서 이곳에 대한 얘기를 해 주었는데 들으면 들을수록 천국이었다.

무엇보다 이곳에는 엘프족의 능력을 강화해 줄 수 있는 세계수뿐 아니라 엘프 일족의 수호목인 엘프목이 열 그루나 있었다.

또한 엘프족뿐 아니라 나가족, 스노족, 휴먼족, 드워프족이 함께 어울려 살아가고 있는데, 모든 것이 풍족해서 물질적인 것을 두고 다툴 일은 전혀 없다고 했다.

비록 공동생활을 하고는 있지만 개인 재산이 인정되고 일에 대한 보수 수준이 높아서, 부모나 친지가 없는 아이라고 해도 일을 하면 충분히 먹고살 수 있으며 자신의 꿈을 키울 수 있었다.

나이와 능력에 맞는 다양한 아카데미 시스템도 얼마 전에 정착되어 자신의 꿈이나 소질 혹은 능력에 맞춘 교육을 받을 수 있으며, 특히 일정한 나이까지는 의무적으로 무상 교육을 받아야만 한다고 했다.

이 세상의 주인이자 자신들의 주인에 대한 얘기도 들을 수 있었다.

'그랜드 마스터라니!'

놀랍게도 헤루스라 불리는 자신들의 주인은 마툰 차원에는 존재하지 않는 그랜드 마스터였다.

'이런 곳에서 가족과 함께 살고 싶다!'

하지만 가족과 친지는 마신 테라르의 사제와 추종자들에게 참혹하게 죽임을 당했다. 그래서 더욱 안타깝고 슬펐다.

진작 헤루스를 알았다면 이렇게 천국과 같은 곳에서 함께 안전하고 평화롭게 살 수 있었을 테니 말이다.

그래서 잘 먹고 안락하게 살 수 있는 거처가 불편했다.

이런 생각은 헤벨만 하는 것이 아니었다. 나름 실력이 뛰어난 정령사나 전사인 만큼 나이가 있기에 자식이 있거나 배우자가 있었다.

그렇게 엘프들은 심경이 복잡해서 아니테라의 첫날 밤을 뜬눈으로 보내야만 했다.

그건 드워프들도 마찬가지였다.

비록 동족을 만날 수 있어서 반가웠지만 아직 마신 테라르를 추종하는 광신도들에게 잡혀서 힘든 노역을 하고 있는 가족과 친지를 생각하면 자신만 이렇게 풍요로운 곳에 도착해서 입에 맞는 식사와 술까지 마시는 동안에도 내내 죄책감에 시달렸다.

결국 다음 날 아침, 엘프족과 드워프족의 대표인 헤벨과 맹갈은 일찌감치 헤루스를 찾아갔다.

주민들의 것보다 더 낫다고 할 수 없는 평범한 나무집에서 살고 있는 헤루스에게는 주민들이 헤라라고 부르는 세 명의 부인이 있는데, 하나같이 미인들이었고 풍기는 분위기도 무척 고아하고 교양미가 넘쳤다.

"잘 왔소. 같이 식사나 합시다."

마침 식사를 하려고 했는지 헤루스가 두 사람을 집으로 불러들였다.

　헤벨과 맹갈은 자신들이 마음이 급해서 별생각 없이 일찍 찾아왔다는 사실을 이제야 깨달았지만 어쩔 수가 없었다.

　그렇게 두 사람이 함께하는 식사였는데 헤루스와 세 헤라는 두 사람의 존재를 별로 신경 쓰지 않고 이런저런 얘기를 나누면서 화기애애하게 식사를 했다.

　하지만 네 사람이 나누는 대화는 이곳 아니테라의 중대사들이라서 두 사람은 그저 듣는 것만으로도 꽤 많은 내용을 추론할 수 있었고 이곳 상황을 좀 더 깊이 이해할 수 있게 되었다.

　그렇게 불편한 식사가 끝나고 향긋하면서도 입안은 물론 머리까지 청량하게 만들어 주는 차가 나왔을 때야 두 사람은 찾아온 용건을 말할 수 있었다.

　"바로 전단에서 훈련을 받고 싶다고?"

　"네! 저희도 이제 아니테라의 주민이 되었으니 제대로 된 역할을 하고 싶습니다!"

　맹갈의 말에 고개를 한 번 끄덕인 헤루스는 잠시 생각을 하다가 입을 열었다.

　"좀 더 쉬지 않아도 되겠나?"

　"원수들이 멀쩡히 살아 있는데 저희만 호의호식하는 건……."

　"가족들이 고초를 겪고 있는데 어찌……."

그렇게 말을 흐리는 헤벨과 맹갈의 눈은 어느새 붉어져 있
었다.

"그래도 이곳 사정은 어느 정도 파악해야 하니까 오늘 하
루는 안내자를 따라서 아니테라 전역을 돌아봐. 그런 다음
내일 하루 동안 앞으로 본인이 이곳에서 어떻게 살아갈지 결
정을 하도록 하고. 결정이 되면 두 사람이 취합을 해서 나를
대신해서 아니테라의 제반 업무를 책임지고 있는 모둔에게
알리고."

"네!"

"그렇게 하겠습니다!"

두 사람은 당장이라도 전사들이 훈련을 하고 있다는 전단
으로 향하고 싶었지만 영혼의 주인이 하는 말이니 감히 거역
할 수 없었다.

그날 하루 동안 800명의 엘프와 드워프 들은 각각 20명씩
팀을 이루어서 통역 아이템을 소지한 안내자를 따라 아니테
라의 곳곳을 탐방했다.

가장 먼저 방문한 곳은 시청으로 이곳에서 아니테라의 모
든 일이 논의되고 결정이 되는데, 항상 바쁜 헤루스를 대신
해서 세 명의 헤라 중 모둔 헤라가 시장 직위를 대리하고 있
었다.

다음으로 향한 곳은 시티가 건설되기 이전부터 이곳의 각

종족이 살았던 거주지로 모라이족, 엘프족, 스노족, 나가족 그리고 드워프족 마을을 둘러봤는데, 이제 이곳에는 은퇴한 노인들만 거주하고 있었다.

그다음은 아카데미 타운으로 유아, 초등, 중등, 고등, 상급 아카데미들이 몰려 있었다.

고등 아카데미부터는 전공이 달라져서 자신이 원하거나 적성이 맞는 직업에 대한 공부를 할 수 있었다.

전공은 생각 이상으로 다양했고 가르침의 수준도 높았는데, 드워프들은 특히 기술 아카데미의 강의를 청강하면서 깜짝 놀랐다. 농사부터 시작해서 마법진 수업에 이르기까지 정말 전문가 교수들이 붙어서 상세하게 지도를 했다.

3세까지의 영아들은 부모의 보살핌을 받았지만 4세부터는 유아 아카데미에 다니는데 놀이와 교육 그리고 양육이 동시에 이루어지고 있었다.

덕분에 여자들도 아이가 네 살이 되면 양육 의무에서 벗어나서 본래의 일을 다시 할 수 있었고 능력도 인정받을 수 있었다.

엘프와 드워프가 가장 놀란 장소는 타이탄 공방이었다.

거대한 규모의 공방은 규격화된 강철 부품을 만드는 곳부터 시작해서 마법진을 새기는 작업장까지 한곳에 모여 있었는데, 완성품인 타이탄을 본 순간 경악하지 않는 이가 없었다.

더욱 놀라운 것은 타이탄의 종류나 등급이 다양하다는 사실이다.

일단 종류만 해도 건설용, 전사용, 마법사용으로 세분화되어 있었고 등급도 익스퍼트급 이하가 타는 기가스부터 알파급, 베타급, 감마급까지 있었다.

타이탄을 본 순간부터 전사들은 타고 싶은 열망을 품었지만 아쉽게도 안내자들은 전사들도 아니었고 그럴 권한도 없다고 해서 어쩔 수 없이 포기해야만 했다.

그런 상황에서 헤루스의 경우 자아를 가진 고대의 타이탄을 보유하고 있어 반신급의 전투 능력을 가지고 있다고 안내자가 설명을 해 주었을 때는 정말 기절할 정도로 놀랐다.

마툰 차원에서는 생소한 강력한 전투 무기의 존재를 알게 되자 새삼 아니테라가 얼마나 강력한 곳인지, 그리고 자신들이 얼마나 운이 좋은지 깨달을 수 있었다.

헤루스의 명에 의해서 장인들이 긴 휴가를 받아 현재는 작업이 멈춘 타이탄 공방의 식당에서 점심 식사를 마친 후에는 제련소와 제철소를 돌아봤는데, 규모가 이곳의 인구와는 어울리지 않을 정도로 엄청났다.

그다음에 들른 곳은 농장이었다. 드워프의 혼혈로 알려진 모라이족이 운영하는 농장은 밀과 보리 그리고 호밀을 재배하는 밭부터 시작해서 사시사철 다양한 과일이 열리는 과수원 그리고 가축들을 방목 형태로 사육하는 목장까지 있었다.

거대한 규모의 농장을 한 바퀴 돌아서 나타난 곳은 시티 전체를 휘감아 도는 강가였는데 이곳에서는 놀랍게도 십여 종의 민물고기를 양식하고 있었으며 나가족 출신의 어민들이 배를 띄우고 그물질이나 낚시로 다양한 어종을 잡아서 시장에 내다 팔고 있었다.

마지막으로 방문한 곳은 거대한 상점이었다. 전문 상인은 없었지만 모라이족이 재배하는 농작물과 사육하는 축산물, 나가족이 잡거나 양식을 하고 있는 어류, 엘프족이 재배하는 약초와 차, 드워프족이 만든 가구 종류, 부녀자들이 틈틈이 만든 직물과 의복 등이 일정한 가격에 판매하고 있었는데, 안내인의 말로는 그리 비싼 가격이 아니라고 했다.

"우리 아니테라에서는 하찮은 일이라도 직업이 있으면 충분히 먹고살 수 있는 건 물론이고 주거 환경까지 개선할 수 있을 정도의 삶을 영위할 수 있습니다. 헤루스의 명이니 내일 하루는 푹 쉬면서 이곳에서 자신이 어떤 직업을 선택해야 할지 고민을 해 보시기 바랍니다."

그렇게 안내자를 따라 아니테라 전역을 한 바퀴 돌아본 엘프와 드워프 들은 저녁 식사를 할 때까지 자신에게 배정된 거처에 들어가서 쉬면서 정신적인 충격을 자기만의 방식으로 받아들이고 순화시켰다.

그렇게 날이 어두워지자 사람들은 삼삼오오 모여서 함께 조리를 하고 식사를 하면서 이곳에 와서 받은 충격을 대화로

풀면서 새삼 아니테라가 얼마나 풍요로운 곳인지 인식할 수 있었다.

다음 날 밤, 헤벨과 맹갈은 엘프와 드워프 들의 향후 거취에 대한 결정을 취합했다.

엘프족은 일부를 제외하고는 대부분 전사단에 가입하길 희망했고, 드워프들은 타이탄 공방이 인상적이었는지 절반만 전사를 희망하고 나머지는 장인 계열로 정착하기를 원했다.

하지만 문제가 있었다. 124명이나 되는 엘프 정령사들의 경우 거취를 결정하기가 힘들었다.

엘프는 태생적으로 높은 정령 친화력을 가지고 있어서 전사들도 정령과 계약한 경우가 대부분이었다.

그런 엘프지만 일부는 활이나 검을 사용하는 것보다는 계약한 정령의 능력을 효과적으로 이용해서 다양하게 활용하는 데 관심이 있었다.

그런 엘프를 정령사라고 부르는데 현재 아니테라에는 정령사로 구성된 단체는 없었다.

굳이 분류하면 마법사단으로 들어가야 하는데 이름만 들어도 어울리지 않았기 때문이다.

모둔은 헤벨로부터 그 내용을 보고받고 바로 가온과 상의해서 정령사단의 신설을 허가했다. 그리고 그 결정은 기존의 엘프족 정령사들이나 전사 중에서 정령을 활용한 전투에 더 관심이 많았던 이들에게 큰 환영을 받았다.

그렇게 전사단에 무려 614명이 추가되었고 신설된 정령사단에는 124명, 공방 쪽도 89명이나 되는 드워프가 합류했다.

새로 합류한 전사 중 대전사장, 즉 소드 마스터는 22명이었고, 익스퍼트 최상급은 57명, 중급 이상은 203명, 나머지는 모두 초급 이상이었다.

이번에 가온에게 귀속한 엘프족이나 드워프족 전사들은 전원 익스퍼트급 경지의 강자들이었기에 가능한 일이었다.

덕분에 전단에는 전사장만 무려 557명이 추가되었다. 물론 대전사장도 22명이나 늘어서 전단의 상층부가 엄청나게 늘어났다.

그 덕분에 타이탄 공방도 다시 활동을 시작했다.

전사장들에게 지급할 베타급 타이탄을 제작해야만 했기 때문이다. 재고야 있었지만 그것만으로는 충당할 수가 없었다.

새롭게 전단에 합류한 인원으로 인해서 한동안 비어 있었던 연무장과 타이탄 훈련장은 다시 전사들로 북적였고, 쉬고 있었던 건설단은 모처럼 정령사단이 들어설 건물과 연무장 그리고 훈련장 건설 작업을 시작했다.

당연히 새로 유입된 인원들을 지원할 물품 생산과 지급을 위해서 다양한 공방들도 바빠졌고 행정 쪽 인원들 역시 활기

차게 움직였다.

　가온은 새 주민들에게는 아니테라 공용어를, 그리고 전단
원들에게 마툰 차원의 공용어를 서로 가르치도록 조치하는
한편 공방 쪽에 통역 아이템을 대량으로 주문했다.

잉겔트

잉겔산을 찾는 건 그리 어렵지 않았다. 멀리 떨어진 곳에서 봐도 압도적인 높이와 규모를 자랑하고 있는 설산이었다.

드넓은 규모의 잉겔산 기슭을 따라 비행하던 가온은 마침내 설인족의 지하 도시로 향하는 입구를 찾을 수 있었다.

몸 상태에는 차이가 좀 있었지만 설인족이 확실한 구울 수백 마리가 한곳에 모여 있었다.

'탐식의 마신 테라르의 사제들이 사령술까지 익혔군.'

마족 혹은 마인인 사제들이 사령술을 익힌 것이 이상한 일은 아니지만 키가 3미터가 넘는 거구의 설인 구울이라면 전사들로서는 상대하기 위험할 것 같았다.

근처를 몇 번이나 확인했지만 마신의 추종자나 사제 혹은 놈들이 성기사라고 부르는 전사들은 전혀 보이지 않았다.

입구로 추정되는 거대한 동굴과 멀지 않은 곳에 착륙한 가온은 카오스를 포함한 정령들에게 설인족의 지하 도시인 잉겔트로 잠입해서 정탐을 하도록 한 후 대기하고 있던 전단원 일부를 소환했다.

시르네아를 포함한 전사단 수뇌부와 아레오와 아나샤가 포함된 마법사단의 수뇌부가 대상이었다.

영술사단과 정령사단 그리고 사령술사단은 한창 수련 중이거나 체계를 잡고 있어서 꼭 필요한 때가 아니면 소환할 생각은 없었다.

"생각보다 기온이 낮다. 잉겔트의 사정은 잘 모르겠지만 이런 추위라면 마나가 부족한 전사들의 경우 전투력에 영향을 줄 수 있으니 전사장급과 5서클 이상의 마법사만 소환할 생각이다."

전사장들에게 지급한 방어구는 오우거 가죽을 기본으로 다양한 가죽을 압축해서 제작했고 다양한 마법이 인챈트되어 굳이 마나를 사용하지 않아도 한기에 어느 정도 저항할 수 있었지만, 전사들의 방어구는 달랐다.

"상대는 설인 구울이다. 다들 알다시피 구울은 생전보다 더 높은 전투력을 지니고 있으니 전력을 다해서 단숨에 처리할 수 있도록!"

그때 잉겔트에 잠입한 카오스가 정령들이 모은 정보를 취합해서 가온에게 알려 주었다.

"내 정령이 정찰한 바에 따르면 잉겔트는 생각보다 거대한 도시다. 가옥의 수가 3천 채가 넘어서 추정 인구는 대략 1만 5천에 달하는데, 현재 영유아를 제외한 설인 대부분은 도시 외곽의 벽에서 마나석을 비롯한 광석을 채광하고 있는 상태다. 대사제로 추정되는 자들은 둘로 도시 중앙의 거대한 건물 안에 있으며 사제와 전사 3분의 1은 작업을 감독하고 있고, 다른 절반은 대사제가 있는 것으로 추정되는 건물과 인접한 건물 안에서 휴식을 하고 있다."

가온의 설명에 대전사장들의 눈빛이 강해졌다.

거대한 체구의 설인이 1만 5천이나 거주할 정도라면 설인족의 지하 도시의 규모는 엄청날 것이 확실했다.

"그럼 마신 테라르의 사제들이 잉겔트를 노린 것은 마나석 때문이겠네요?"

시르네아가 대전사장들을 대표해서 물었다.

"나도 그렇게 생각하지만 그게 전부는 아니겠지."

막강한 전투력을 지닌 설인 구울의 확보나 지난번처럼 마신의 분신이 소환 혹은 빙의하는 의식의 제물로도 사용할 수 있기에 이런 일이 벌어졌을 것이다.

거기에 대기에 포함된 마나의 양이 희박해서 쉽게 충전할 수 없는 마나를 즉각 회복할 수 있는 마나석까지 있으니 마신의 추종자들에게는 보물 산으로 여겨질 수도 있었다.

"그럼 구울들을 정리하고 바로 내부로 들어가서 놈들을 처리하는 건가요?"

"단장은 어떻게 생각하나?"

"노역이 이루어지고 있는 상태에서 우리가 공격하게 되면 기습의 효과가 떨어지고 설인들에게도 자칫 피해가 심각할 수 있을 것 같아요."

시르네아의 말이 맞다. 여차하면 작업을 감독하고 있던 놈들이 설인들을 인질로 잡을 수도 있고 그게 아니더라도 혼전이 벌어지면 예상하지 못한 피해를 입을 수 있었다.

"차라리 밤이 되기를 기다렸다가 공격을 하는 건 어떨까요? 참! 내부의 조명은 어떻게 하는 건가요?"

예하가 눈을 빛내며 의견을 제시하다가 질문을 했다.

"지하 도시의 높은 천장 곳곳에 산 외부와 연결되는 가는 구멍이 뚫려 있고 빛을 반사시키는 수정을 사용해서 햇빛을 끌어들이는 방식이다."

가온은 정령들의 정찰 내용을 토대로 대답을 해 주었다.

"그럼 해가 질 때까지 기다렸다가 잠입을 하는 건 어떨까요? 물론 마신의 추종자들이 머무는 곳은 파악해야겠지만 말이죠."

"저 또한 찬성이에요. 우리 마법사들이 전사들에게 나이트 비전 마법을 걸어 주면 조명 문제는 해결이 될 테니까요."

아레오가 그렇게 말하자 이제 막 그 문제를 떠올렸던 대전사장들이 고개를 끄덕였다.

"밤까지 일을 시키진 않을 테니 공격의 대상이 따로 떨어지겠군. 일리가 있어. 다른 의견은 없나?"

이견은 없었다.

"그럼 돌아가서 밤이 될 때까지 대기하도록 해. 아마 아니테라에서는 대략 하루 정도는 지나야 할 거야."

가온의 말에 기존의 대전사장들과 마법사들은 별 반응이 없었지만 헤벨 등 새로 합류한 대전사장들은 무슨 말인지 제대로 이해를 못 한 얼굴이었다.

하지만 그건 아니테라로 돌아가서 다른 동료에게 물어보면 알 수 있을 것이니 바로 사람들을 아니테라로 보냈다.

'나도 아니테라로 갔다가 밤이 되면 건너올까?'

막 그런 생각을 하고 있을 때 오랜만에 알테어가 의념을 보냈다.

'오랜만이네. 그동안 계속 지구의 학문을 공부하고 있었다고?'

—그렇습니다. 주인님.

'성과는 있고?'

—네. 포션을 대체할 수 있는 지구에 존재하는 물질을 몇 개 찾았습니다.

'오! 반가운 소식이네. 본신이 알면 무척 좋아하겠어. 고생했어!'

본신의 단기적인 목표가 지구에 부작용이 없는 포션과 같은 음료 혹은 약을 개발해서 널리 보급하는 것이니 큰 도움이 될 것이다.

-고생은요. 제가 좋아서 한 일인데요. 그런데 부탁이 하나 있습니다.

'뭐지?'

-이번에 확보한 신물에 관한 겁니다.

'신물?'

-네. 마신의 분신이 빙의하려고 했던 석상, 아니 육체 말입니다.

'그게 신물이었어?'

-네. 제가 살던 세상의 고대 기록에는 대마신의 유희 용도로 사용했다는 신물이 언급되어 있었습니다. 신격을 가진 존재가 힘의 상당 부분을 써야만 만들 수 있다고 했습니다. 재료도 세계수와 같은 목재부터 시작해서 극히 희귀한 것들이 필요하다는 내용도 있었고요. 그래야만 아무리 분혼이라고 해도 마신이 깃들 수 있는 그릇이 될 수 있으니까요.

'그 얘기는 그 신물, 아니 그 육체에 깃들고 싶다는 거지?'

알테어는 처음 귀속이 될 때부터 자신의 영혼이 들어갈 훌륭한 육체를 찾아 달라고 부탁을 했었다.

-그렇습니다.

'하지만 그 육체는 마기에 극도로 친화적인 것 같은데, 괜

찮겠어?'

알테어는 리치가 되기 이전에도 궁극의 대마법사였다. 아무리 육체의 질이 뛰어나다고 해도 굳이 그런 육체를 고를 이유는 없었다.

−주인님을 보좌하는 건 제가 아니더라도 벼리와 파넬로 충분하니 전 이 기회에 사령술사로서의 삶을 살아 보고 싶습니다. 리치가 된 후 사령술에 눈을 떴는데 생각보다 굉장히 재미가 있었습니다. 그 육체라면 사령술로도 궁극의 경지 이상을 바라볼 수 있을 것 같습니다.

가온은 알테어의 능력이라면 충분히 가능한 일이라고 생각을 했다.

사령술은 단순히 죽은 생명을 다루는 마법이나 술법이 아니다. 산 자의 정신을 지배할 수도 있고 영혼체를 다룰 수도 있었다.

특별한 과정을 통해 강화하면 사체들은 생전보다 훨씬 더 강력한 전투력 등 능력을 발휘할 수가 있었다.

던전을 완전히 소멸시키려면 앞으로 구울 등 언데드를 더 많이 만들어서 활용할 필요가 있었다.

가온 역시 한때 구울의 강력한 전투력에 매료되어 수만 구나 되는 구울을 만들지 않았던가.

−현재 아니테라의 사령술사들은 수준이 낮아서 주인님께 큰 도움이 되지 않지만 최대한 빨리 죽음의 군단을 만들겠습

니다!

'좋아! 그렇게 하자! 그런데 내가 어떻게 하면 되지?'

—주인님께서 그 육체를 드래곤 아공간으로 넣어 주시기만 하면 나머지는 제가 알아서 하겠습니다.

'바로 처리해 주지. 그런데 그 육체로 활동하기에는 불편할 텐데.'

마신의 육신이 빙의하려고 했던 석상은 키가 20미터가 넘는 거구였고, 분혼이 소멸될 당시에는 5미터 남짓으로 줄어들었지만 당연히 활동하는 데 지장이 있을 수밖에 없었다.

—일단 영혼이 안착하게 되면 육체의 크기를 조절하는 것은 어렵지 않습니다.

'그렇다면 다행이네. 이번 의뢰는 알테어의 도움을 많이 받아야겠어.'

자신이 연성해서 관리하고 있던 언데드를 모두 넘겨주면 알테아에게 큰 도움이 될 것이고 궁극적으로는 자신에게도 도움이 될 것이다.

—맡겨만 주십시오.

'그런데 육체에 들어가게 되면 죽음에 대한 문제는 어떻게 되는 거지?'

—죽습니다.

'괜찮겠어?'

마법의 끝을 보기 위해서 리치의 길을 선택했다고 들었기 때문에 묻는 것이다.

　―예전과 생각이 바뀌었습니다.

　알테어는 그렇게 대답했고 가온은 더 이상은 묻지 않았다. 자신이 생각해도 감정 태반이 제거된 상태로 영원불멸의 삶을 사는 것보다는 담담하게 죽음을 맞이하는 길을 선택할 것 같았다.

　4시간이 지나자 밤이 되었다. 달은 세 개나 되었고 빛을 반사하는 눈으로 가득한 세상이라서 밤이라고 해도 그리 어둡지는 않았다.

　쌓인 눈 속으로 들어가서 연공을 하고 있던 가온은 사람들을 소환했다.

　낮에 소환했던 대전사장들과 마법사들이었다.

　"아나샤, 구울들에게 축복을 걸어 줄 수 있지?"

　"축복요? 아! 저 정도 범위면 충분히 가능해요!"

　언데드에게 축복을 내리는 것은 보통 사람에게 저주를 거는 것이나 다름없다. 신성력에 의해서 언데드의 능력이 크게 떨어지는 것이다.

　"구울의 숫자가 300마리 정도이니까 각자 4마리씩은 처리해야 해. 사제들은 내가 맡을 테니까 마법사들은 윈드 마법으로 전사들의 체취를 감춰 주고 전사들은 반원형으로 넓게 포위한 상태에서 신호를 하면 곧바로 공격하도록! 날개를 가진 대전사장들은 뒤로 빠져 있다가 바람이 불 때 공중으로 날아가서 입구 주위의 구울을 처리하도록 해. 안에 있는 자들이 알아차리지 못하도록 최대한 빨리 처리하는 것이 관건이야."

구울들은 지하 도시의 입구에 해당하는 거대한 동굴을 중심으로 반경 100여 미터의 반원 영역에 서너 마리씩 포진하고 있었다.

먼저 마법사들이 지하 도시의 입구와 대략 300미터 정도 떨어진 곳에 큰 반원을 그리며 포진한 후 윈드 마법을 펼쳤다. 당연히 전사들은 마법사들의 뒤편에 있어 그들의 체취는 후각이 예민한 구울들에게 닿지 않았다.

그렇게 마법으로 생성한 바람들이 지하 도시의 입구에서 만나자 위로 올라가는 소용돌이 바람이 생성되었고 거센 바람으로 인해 사제들과 구울들은 제대로 된 경계를 하지 못했다.

그때 투명 날개를 장착하고 날아오른 가온에게 안긴 아나샤가 구울들이 포진한 반원 형태의 영역을 대상으로 축복을 내렸다.

축복을 받은 구울들은 가장 먼저 감각부터 낮아졌고 이내 몸이 굳어 움직임이 둔화되었다.

그사이에 한차례 바람이 지나간 길을 따라 대전사장들이 빠르게 이동했고 지하 도시의 입구와 100여 미터 떨어진 곳에 도착했을 때 가온의 의념이 전해졌다.

'공격!'

가온은 명령을 내리는 동시에 입구 쪽에 모여 있는 사제 네 명에게 마나탄을 발사했고 놈들은 머리통이 산산조각이 나 버렸다.

파바바밧!

마나를 끌어 올린 대전사장들은 순식간에 목표물에 접근했고 검기가 생성된 무기를 휘둘렀다.

구울은 고통을 거의 느끼지 못하고 심장이 파열되고 사지가 떨어져 나가도 상대를 공격할 정도로 공격성이 강한 언데 드이기는 하지만, 다른 언데드와 마찬가지로 머리통이 사라 지면 더 이상 움직이지 못했다.

더구나 지금은 축복으로 인해서 후각이 현저하게 낮아져서 접근하는 상대의 기척을 전혀 알아차리지 못한 상태였기에 속절없이 머리가 날아갔다.

그렇게 반원의 외곽에서 공격이 이루어질 때 중심부에서도 그리핀 날개를 장착한 대전사장들이 공중에서 검기를 날리는 방식으로 뭉쳐 있던 구울들을 공격했다.

공중에서 날리는 검기 공격은 무척 효과적이었다. 네 명이 일정한 거리를 두고 체공한 상태로 날리는 검기는 마치 그물처럼 목표를 옭아맸다.

게다가 이미 축복으로 인해서 감각이 낮아지고 몸이 굳은 상태였기에 구울들은 검기 공격을 피할 수 없었다.

　새로 합류한 헤벨 등 열한 명의 대전사장들은 기존 대전사장들과 섞여서 외곽의 구울부터 처리하는 임무를 맡았는데 내심 깜짝 놀랐다.

　오러 블레이드를 생성했던 자신들과 달리 다른 대전사장들은 검기로 놀랍도록 정확하고 빠르게 구울들을 처리했기 때문이다.

　'소 잡는 칼로 닭을 잡는 격이었군.'

　언제 어느 상황이든 최대의 힘을 끌어내어 적을 처리하는 것이 몸에 배어 있던 그들은 이번에도 오러 블레이드로 구울들을 처리했지만, 기존의 대전사장들은 위력이 낮은 검기로 훨씬 더 많은 구울을 처리했다.

　오러 블레이드의 강력한 위력 덕분에 비슷한 숫자를 처리하긴 했지만 마나 소모량을 보면 기존 대전사장들은 자신의 1할에도 못 미칠 것이 분명했다.

　앞으로 설인족의 지하 도시로 들어가서 마신의 추종자들을 처리해야 한다는 사실을 생각하면 자신들은 불필요한 곳에 힘을 낭비한 것이다.

　물론 10여 년 전이라면 크게 차이는 나지 않는다.

　그때는 마나 회복 속도가 빨랐기 때문에 마나 소모를 걱정할 필요가 없었기 때문이다.

　'상황이 변했는데도 우리의 전투 방식은 변하지 않았어.'

기존의 대전사장들이 용병단으로 활동하면서 많은 전투를 경험하는 동안 자신들은 기껏해야 오크나 오우거를 상대했을 뿐이니 전투 능력은 당연히 떨어질 수밖에 없었다.

'변해야 해!'

열한 명의 대전사장들은 짧은 전투였지만 느낀 것이 아주 많았다.

순식간에 구울을 정리한 가온은 아레오를 비롯한 마법사들에게 특별한 마법진이나 장치를 찾아보도록 했다. 혹시 이쪽 상황을 지하 도시에서 알아차리면 상황이 어려워지기 때문이다.

다행히 별다른 통신 수단이나 원거리에서 상황을 알아차릴 수 있는 마법진과 같은 건 없었다.

"이제 내부로 진입할 테니까 서코트를 착용하고 마나 방출을 최대한 자제하도록 해!"

이 건을 위해서 드워프 장인들에게 부탁해서 제작한 서코트의 재료는 마기를 발산하도록 가죽과 가죽 사이에 마정석 가루를 넣고 압축을 하는 방식으로 만들었기에 자연스럽게 마기를 발산했다.

마족과 마신의 추종자 들이 들끓는 지하 도시 내부에서 제대로 활동하기 위해서는 마기를 자연스럽게 방출해야 한다는 알테어의 조언을 듣고 드워프 장인들에게 부탁했는데, 생각보다 잘 만들어졌다.

감각으로만 보면 마족이나 마물로 여길 수밖에 없었기 때문이다.

입구에서 잉겔트라는 이름의 지하 도시까지는 완만한 경사로를 따라 빙글빙글 내려가야만 했는데 일정한 간격마다 10마리 내외의 구울들이 지키고 있어서 처리를 하느라고 시간이 꽤 걸렸지만 무사히 지하 도시에 도착했다.

도시의 입구는 도시보다 10여 미터 정도 높아서 한눈에 도시의 전경을 살펴볼 수 있었다.

'호오! 지열을 이용해서 자연 난방으로 하고 있었군.'

지름이 대략 3킬로미터에 달하는 거대한 지하 공간 곳곳에는 끓어오르는 열수가 분출하고 있는 작은 호수들이 있어 기온은 대략 20도 정도 될 것 같았고 습도도 적당했다.

100미터 높이의 천장에는 달빛이 들어오는 수많은 구멍이 뚫려 있고 수정을 통해서 빛이 비처럼 쏟아져 내려와서 내부가 아주 신비하게 보였는데, 바깥 대기와 달리 내부의 대기에는 마나가 상당히 농후했다.

'벽에 박혀 있는 마나석 덕분이군.'

신기하게도 지하 도시의 벽에는 눈에 보일 정도로 많은 마나석이 박혀 있었는데, 전체 벽의 4분의 1 정도는 이미 상당한 깊이만큼 안쪽으로 들어간 상태였다.

마신 테라르의 사제들의 명령으로 설인들이 채굴을 한 흔적이었다.

내부는 바깥보다는 어두웠지만 전사들에게 딱히 나이트 비전 마법이 필요하지는 않았다. 20미터 정도의 거리에서는 상대의 이목구비를 충분히 확인할 수 있을 정도였고 대전사장들이야 초인들이니 그보다 훨씬 더 잘 볼 수 있었다.

잉겔트는 중앙의 건물군을 중심으로 네 영역으로 구성되어 있었다. 방위는 잘 모르겠지만 두 영역은 설인들이 사는 석축 건물이 줄지어 있었고 3천 채 정도는 될 것 같았다.

그런데 어떤 건물도 불이 새어 나오지 않았다. 창문이 없는 것도 아닌데 말이다.

가온은 하루 종일 노역에 시달렸을 설인들이 저녁 식사를 마치고 곯아떨어졌을 거라 생각하고 다른 영역을 살폈다.

다른 한 영역은 2미터 길이로 자른 나무들을 엇갈려 세운 구조물들이 가득했다.

'식용 버섯을 재배하는군.'

저렇게 넓은 지역 전체가 버섯 재배지라는 사실을 생각하면 꽤나 많은 양이 나올 것 같았다. 곡물은 아니지만 꽤 많은 인원이 먹을 수 있는 양일 거라고 추정할 수 있었다.

마지막 영역은 털이 잔뜩 난 소와 같은 동물을 사육하는 목장지로 보였는데, 유일하게 그쪽 바닥만 푸른 식물이 자라고 있었다.

자세히 살펴보니 풀이나 나무가 아니라 이끼로 보였다. 그러고 보니 그쪽이 유난히 호수가 많았다.

'이런 설산 산맥 속에서 최소한의 식량을 확보할 수 있는 장소를 제대로 찾았군.'

기묘하게 기시감이 느껴져서 생각을 해 봤더니 예전에 드워프들이 살았던 여우성의 지하 공간과 비슷했다.

그렇게 지하 공간을 훑어보던 가온은 유일하게 불이 켜진 중앙의 건물들을 보았다. 특히 그중 가장 큰 건물은 엄청난 규모였는데, 마치 지구의 피라미드를 상단에서 잘라 버린 사각뿔 형태였다.

'저 중앙 건물에 대사제 두 명이 있겠군.'

카오스는 가장 중앙에 있는 큰 건물에 대사제들이 있다고 추정했지만 건물에서 강력한 마기가 새어 나와서 혹시 자신들의 존재를 알아챌까 봐 들어가지는 않았다고 했다.

하지만 마신의 추종자들이 그곳에만 있을 리는 없었다. 다른 대형 건물들에 분산해서 머무르고 있을 것이다.

'내려가기 전에 아래쪽부터 확인해야지.'

자신들이 서 있는 동굴에서 아래로 내려가는 급경사의 계단 쪽으로 심안을 발동해서 바라본 가온은 고개를 끄덕였다.

마족 사제로 추정되는 10명과 마기를 풀풀 풍기는 전사 100여 명이 현재 위치에서는 보이지 않는 계단 아래쪽에 안으로 움푹 들어간 벽면을 따라서 앉거나 서 있었기 때문이다.

'그럼 그렇지.'

당장 대전사장들과 함께 놈들을 해치우려고 했던 가온은 밖이라면 몰라도 이곳이라면 마신의 대사제들의 감각으로 이상을 감지할 수 있을 거라는 생각이 들었다. 제대로 상대한 것은 아니지만 대사제의 실력은 꽤 높았다.

가온은 다른 정령들처럼 지하 도시를 돌아다니면서 독기를 찾고 있는 녹스를 불렀다.

'저 아래쪽에 있는 놈들을 중독시켜.'

—어떤 독을 사용할까?

'마비독이면 될 것 같은데.'

—사제들은 몰라도 언데드에게는 안 통할 것 같은데.

생각해 보니 언데드에게 마비독이 통할 거라는 확신이 없었다.

그때 오행지배술이 떠올랐다.

'초당 1천의 오행속성력과 영력을 소모하여 100입방미터의 공간을 지배하고 한 가지 속성의 오행력을 마음먹은 대로 다룰 수 있다고 했지.'

열 배의 속성력과 영력을 사용하면 지배할 수 있는 공간역시 열 배로 늘어난다.

'얼추 될 것 같네.'

사제와 구울이 흩어져 있는 것이 아니라 계단 입구를 중심으로 포진하고 있기 때문에 공간을 열 배로 확장하면 가능할것 같았다.

가온은 사람들에게 조용히 지켜보라는 의념을 전한 후 투명 날개를 사용해서 조용히 날아올랐다. 그리고 계단 입구 쪽 상공으로 날아내리면서 오행기와 영력을 끌어내어 오행 지배술을 펼쳤다.

순간 1천 입방미터의 공간이 가온이 지배할 수 있는 영역이 되었다.

일종의 막처럼 해당 공간은 격리가 되었고 그 안에서 일어나는 모든 물리적인 현상이 밖으로 새어 나가지 않는다는 뜻이다.

가온은 혹시 몰라서 대략 30초 동안 영역에 화기를 최대로 주입했다.

－끄아아악!

희미하게 사제들과 구울들이 지르는 비명이 들렸지만 워낙 고열의 화기라 금방 그쳤다.

오행기와 영력의 흐름을 끊자 가온의 눈에만 붉게 변했던 공간이 다시 드러났는데 가온도 놀랐다.

'완전히 타 버렸군.'

사체는 물론 무기나 마정석과 같은 전리품 하나 남지 않았다. 사제와 구울들이 있었던 자리에는 검게 그을린 자국만 남아 있었고 살짝 바람이 불자 검은 가루가 사방으로 흩어졌다.

각각 30만의 오행기, 아니 음양기와 영력을 사용한 것치고는 결과가 너무 깔끔했다. 어찌 보면 끔찍하기도 하지만 말이다.

가장자리까지 와서 상황을 지켜본 시르네아에게 물어보니 잠깐 동안 계단 아래쪽의 일정한 공간이 통째로 사라진 것 같다고 했는데, 심안과 비슷한 연상 마법과 신성 마법을 사용한 아레오와 아나샤는 모든 것을 다 봤다고 했다.

작정을 하고 살펴보지 않으면 오행 영역 안에서 벌어지는 일을 누구도 알 수가 없었다. 소리나 빛조차 새어 나가지 않은 일종의 막이 쳐졌다.

오행지배술의 위력을 확인한 가온은 앞으로 자주 사용해야겠다고 마음먹었다.

지하 도시로 진입하기 전에 마지막으로 확인할 일이 있었다.

'카오스, 집 안에 있는 설인족들은 뭘 하고 있어?'

얼마 후 대답이 전해졌다.

─어린아이가 있는 소수의 집을 제외하고 대부분은 자고 있어.

'설인들의 주거 지역을 지키는 자들이 있어?'

─응. 일정한 간격마다 구울들이 돌아다니고 있어.

아마 밖으로 나오면 갈기갈기 찢어 죽이라는 명령이 내려졌을 것이다.

'참 독한 놈들이네.'

이곳의 구울은 죽은 설인이 원형이다. 상처가 있는 개체들
도 있었지만 상당수는 그런 흔적이 없는 것을 보면 죽은 설
인을 구울로 만든 것이다.

그렇기에 선조들의 시체로 만든 구울로 살아 있는 설인들
을 감시하도록 한 것이다.

'사제와 전사 들은 어디에 있지?'

작업이나 저녁 식사가 끝났으니 한곳에 모여 있을 확률이
높아서 묻는 것이다.

―그곳을 남쪽으로 치면 중앙의 거대한 건물의 동남쪽과
서남쪽에 있는 큰 건물들 안에 몰려 있어. 동남쪽의 건물 세
동에는 사제들이, 서남쪽의 건물 일곱 개 동에는 전사들이
있는데 대부분 잠을 자거나 그들끼리 대화를 나누고 있어.

'마지막으로 중앙에 있는 거대한 건물의 경계는 어때?'

―입구에 사제 둘과 전사 스물 그리고 구울 100여 마리가
지키고 있는데 대부분 눈을 감고 있어.

'카오스 덕분이 일이 쉬워졌어. 다른 정령들과 중앙 건물
쪽에서 쉬고 있어.'

대사제 두 명이 머무르고 있다면 중요한 건물이 분명할 텐
데 입구에 비해서 경계가 허술했다.

'누군가 침투할 거라고 전혀 예상하지 않고 있나 보네.'

기습할 생각인 가온의 입장에서는 무척 유리한 상황이다.

가온은 대전사장들로 하여금 설인의 주거 지역을 지키고 있는 구울들을 처리하면서 중앙으로 진출하라고 명령을 내리려다가 그만두었다.

'굳이 그럴 필요가 없지.'

아무리 대전사장들이라고 해도 아무런 소음을 내지 않고 순찰을 도는 많은 숫자의 구울을 처리하는 것은 어려운 일이다. 어떤 상황이든 변수는 발생하기 마련이니 말이다.

"아나샤, 혹시 일정 범위의 공간을 신성력으로 채우는 마법진을 알고 있어?"

그가 익힌 홀리 스페이스가 그에 해당하지만 공간이 너무 좁았다.

"그런 마법진이라면 많은 신자를 대상으로 축복을 내릴 때 사용하는 마법진이면 될 것 같아요."

"어느 정도 크기지?"

"성석(聖石)의 수에 따라서 크기는 얼마든지 확장할 수 있어요."

성석은 빈 마나석에 신성력을 채운 것인데 가온은 아나샤가 여유가 날 때마다 성석을 만들어 왔다는 사실을 잘 알고 있었다.

"치는 데 오래 걸릴까?"

"그렇진 않아요. 마신의 추종자들이 있는 건물 자체를 신성 마법진으로 봉쇄하려는 건가요?"

"응. 그래야 기습의 효과가 크고 우리 측 피해가 적을 것 같아."

광신도 전사들은 큰 문제가 되지 않지만 사제만 해도 상대하는 것이 쉽지 않다는 것은 마신의 신전이 있는 던전에서 이미 확인한 바 있다.

대전사장들로만 놈들을 처리하는 것은 어려우니 전사장들까지 소환해야 하는데 자칫 피해가 발생할 수 있었기 때문이다.

"마법사나 결계술사들이 도와주면 빨리 마법진을 설치할 수 있을 것 같긴 한데, 놈들이 눈치를 채지 않을까 싶어요."

건물을 감싸는 대형 마법진을 설치하려면 여러 사람이 움직여야 하는데 해당 건물을 지키는 놈들도 있을 것이고 우연히라도 창문 밖으로 쳐다보는 놈도 있을 수 있었다.

"그건 내게 맡겨."

"어떻게 하려고요?"

"일단 나와 함께 움직이자고. 나머지는 일단 돌아가서 대기해. 소환되자마자 전투가 벌어질 테니 준비하고 있어."

그렇게 지시를 하고 아나샤와 아레오를 제외한 사람들을 모두 아니테라로 돌려보낸 가온이 두 여인을 안고 투명 날개를 사용해서 지하 도시의 상공으로 날아올랐다.

묘역 피라미드

　가온의 가슴에 등을 밀착한 상태로 안긴 아나샤와 아레오가 동시에 희미하게 들리는 주문을 외웠다.

　가온은 두 사람에게 미리 들은 대로 눈에 영력을 주입했는데, 잠시 후에 아래쪽에 있는 건물 일곱 동이 다 들어가는 거대한 마법진의 홀로그램이 나타났다.

　'설마 저 선들을 연결하면 신성 마법진이 완성되는 거야?'

　ー맞아요. 스노족 결계술사들의 비기예요.

　ー원래는 영력이 아니라 눈에 마나를 주입했었다고 들었어요. 그런데 이제 어떻게 하죠?

　이런 비술이 있다는 얘기는 듣지 못했지만 대단했다. 이 비술을 이용하면 마법진을 설치하는 마법사가 영력을 보유하고 있어야 한다는 제한은 있지만, 설치하는 데 오랜 시간이나 노력이 필요하지 않을 것 같았다.

하지만 지금 당장은 문제가 있었다. 마법진의 홀로그램이 있다고 해도 설치를 하려면 누군가 내려가서 직접 작업을 해야만 했다.

물론 대책은 이미 있었다.

'카오스, 녹스, 카우마, 마누, 저 선들을 따라서 바닥에 5밀리 깊이의 홈을 파 줘!'

-내가 동쪽을 맡을 테니까 녹스는 서쪽, 카우마는 북쪽, 마누는 남쪽을 맡아!

카우마가 다른 세 정령을 지휘해서 마법진의 선을 새기는 일을 맡았는데 그야말로 순식간에 끝났다.

다음은 에너지 전도율이 높은 마나석 가루와 금가루가 섞인 가루를 홈에 채우는 것인데 그 역시 어려운 일이 아니었다.

-카우마, 선을 따라 이동하면서 가루를 녹여!

카우마가 열기를 이용해서 마나석 가루와 금가루를 녹이자 카오스는 녹스와 마누와 함께 성석이 박힐 자리에 구멍을 뚫었다. 그리고 아나샤가 던져 주는 성석을 받아서 구멍에 끼우기 시작했다.

그렇게 네 정령이 합심하니 순식간에 대규모 마법진이 완성되었다.

물론 발동하려면 아나샤가 코어에 신성력을 주입해야 하지만 말이다.

그리고 그 작업은 사제들이 머무는 동남쪽의 건물 세 동 주위에서도 빠르게 이루어졌다.

그 모습을 확인하면서 내심 가온이 부리는 정령들의 능력에 감탄하고 있던 아나샤가 가온에게 의념을 보냈다.

-온 랑, 중앙에 있는 저 거대한 건물에서 엄청난 마기가 방출되고 있는데 저곳에도 신성 마법진을 설치하는 건가요?

'아니야, 아나샤. 저 건물을 감싸려면 마법진이 너무 커지기도 하지만 성석의 여유도 없잖아. 저긴 일단 내가 맡을게. 일단 아니테라로 돌아가서 기다려.'

-알겠어요.

-온 랑, 금방 불러 줘요.

아레와 아나샤는 아쉬운 얼굴로 아니테라로 돌아갔다.

혼자 남은 가온은 중앙의 거대한 석조 건물을 쳐다보다가 이내 그쪽으로 날아갔다.

카오스의 말대로 중간 부분이 싹둑 잘린 피라미드를 닮은 이 거대한 석조 건물의 바닥 한쪽 변은 대략 400여 미터로 원형에 가까운 지하 도시의 직경이 대략 3킬로미터라는 점을 고려하면 굉장히 컸다. 그리고 건물 전체에서 농후한 마기가 방출되고 있었다.

'마기만이 아니야!'

익숙한 기운이 섞여 있었다. 그건 바로 사기(死氣)였다. 죽는 순간부터 일정 시간이 지나면 생기는 사기로 바뀐다.

그렇지만 이질적인 기운도 있었다. 희한하게도 사기(邪氣)도 느껴졌다.

죽음의 기운이 아니라 사악하고 음습한 성질을 가진 사기가 감정을 강하게 자극하고 과한 호르몬 분비를 촉진하는 마기와 합해진 기운이었다.

이런 기운에 노출되면 생명체는 당연히 위축될 수밖에 없었고 불길함을 느낄 수밖에 없었다.

'대체 왜 사기가 이런 곳에서 방출되는 거지?'

마기라면 몰라도 사기는 별로 감응해 본 적이 없었다.

가온은 사제들과 성전사 그리고 설인 구울들이 지키고 있는 건물의 아랫부분에 있는 입구가 아니라 다른 부분에 있을 또 다른 입구를 찾기 시작했다.

사람이 거처하는 곳이라면 당연히 환기를 위해서 창문과 같은 부분이 있을 거라고 믿었다.

하지만 외관상 그런 부분은 전혀 없었다. 가장 위에는 제단으로 추정되는 공간이 있기는 했지만 돌무더기만 쌓여 있었다.

심안을 발동해 봤지만 건물 벽이 너무 두꺼워서 그런지 내부를 전혀 볼 수가 없었다.

예지몽으로
히든랭커

그렇다고 무력으로 입구의 적들을 처리하는 것은 위험했다.

안에 있을 두 대사제가 마신의 신전에 있던 놈과 비슷한 능력을 가지고 있다면 외부에서 일어나는 일을 알아챌 가능성이 높았다.

가온은 정령들에게 입구를 찾아 달라고 부탁을 했는데 카우마가 한 가지 대안을 내놓았다.

-제가 안으로 들어가는 구멍을 뚫을까요?

'구멍을?'

-네. 가능할 것 같아요.

'좋아. 한번 해 봐!'

가온은 평소 시키는 것만 수행할 뿐 자신의 주장을 내세우는 법이 없었던 카우마의 변화에 기꺼운 마음으로 허락했다.

그런데 너무 허무하게도 카우마는 순식간에 안까지 연결되는 커다란 구멍을 뚫었다.

-안쪽에서 냉기가 느껴졌는데 역시 얼음이었어요.

카우마를 따라 구멍으로 들어가 본 가온은 외벽 부분은 화강암으로 두께가 4미터 정도 되었지만, 안쪽은 모두 얼음을 재단해서 자른 덩어리를 맞추어서 쌓았다는 사실을 깨달았다.

'고생했어. 혹시 안에 있는 놈들이 눈치를 챌 수 있으니 밖에서 대기하도록 해.'

그렇게 카우마를 밖으로 내보낸 가온은 단검 두 자루를 꺼내 급경사의 얼음 벽면을 찍으면서 조심스럽게 내려갔다.

마침내 냉기와 마기 그리고 사기가 농후한 공간이 나왔다. 투명 날개를 펼쳐 최대한 공기의 유동을 억제하면서 건물의 내부 공간을 훑어보던 가온의 눈이 점점 커졌다.

'도시의 시청도, 신전도 아닌 묘지였던 것이군.'

놀랍게도 이 건물은 설인족의 거대한 묘역이었다.

내부 공간은 원기둥 형태로 비어 있는 중앙을 제외하면 지하까지 합해서 총 100개 층이나 되었고, 각 층에는 많은 설인의 사체들이 누워 있었다.

각 층을 오르내리는 사다리도 있었고 몇 개 층을 제외하고는 설인의 사체들로 가득 차 있었다.

호기심에 한 층에 있는 사체의 숫자를 세었더니 무려 2천 구나 되었다.

'정말 놀랍군. 그럼 이곳에 있는 사체만 거의 20만 구에 육박한다는 거네.'

마신 테라르를 따르는 마족들이 이곳에 있는 설인의 사체로 구울을 만들었음이 틀림없었다.

아마 설인들은 죽음에 임박하면 스스로 이곳을 찾거나 죽은 후에는 해당 일족이 이곳으로 사체를 운반해 왔던 모양인데 족히 수백 년 동안 이어진 전통일 가능성이 높았다.

'그런데 대사제들은 어디에 있는 거지?'

대사제들을 찾는 건 쉬웠다. 짙은 마기와 사기의 발원지를 찾으면 되니 말이다.

대사제들은 지하부터 따지면 88층에 있었다.

대사제 두 명을 포함한 마족 사제 50여 명이 마법진의 코어에 자리를 잡고 앉아서 100여 명의 전사들이 날라 오는 설인의 사체를 구울로 연성하고 있었다.

'마기와 사기의 근원이 바로 마법진이었군.'

마법진의 코어에는 마정석은 물론 지독한 사기를 방출하는 커다란 구슬이 박혀 있었고, 사제들은 중앙의 메인 코어 위치에 서로 등을 맞대고 앉아 있는 대사제들의 지시에 따라 마법진에 마기를 주입하는 한편 마정석과 사정석을 갈아 끼우는 단순 작업을 하고 있었다.

'내 사령술보다 뛰어나네.'

가온이 보유한 사령술로는 한 번에 한 개체만 구울로 연성할 수 있지만, 이렇게 마법진을 이용하면 한 번에 지금처럼 100마리씩 연성할 수 있었다. 시간은 좀 걸리는 것 같지만 효율 면에서는 더 뛰어난 것이 사실이다.

가온은 마법진을 하나도 놓치지 않고 기억해 두었고, 대사제들이 영창하는 주문은 벼리가 기억해 두도록 했다.

자신의 발성으로는 흉내를 내기도 힘든 복잡한 성조를 가지고 있었기 때문이다.

'아!'

문득 떠오른 생각이 있어서 알테어에게 의념을 보내 자신에게 동화하도록 했다.

'일은 잘되고 있나?'

－신체(神體)에 제 영혼을 안착시킬 최선의 방안을 찾는 중이었습니다.

'저거 보이나?'

영혼체라서 현신할 수는 없지만 가온과 동화한 상태이기에 시력을 공유하는 상태였다.

－언데드 연성진(鍊成陣)이군요!

'역시 알아보는군. 알테어도 펼칠 수 있어?'

－짧은 시간에 많은 언데드를 연성할 수 있어 사령술사들이 많이 사용합니다. 저 역시 연성진을 사용해서 트롤과 오우거 구울을 만든 적이 있습니다. 그런데 뭔가 좀 이상합니다. 왜 사특한 기운이 느껴질까요?

가온의 감각을 공유하고 있기에 알테어는 사기(邪氣)의 존재를 금방 알아봤다.

'원래 연성진은 마기 혹은 마나와 사기만 사용하는 게 맞나?'

사기는 사체가 품고 있는 기운이라서 실제로는 마기 혹은 마나만 필요했다.

－네. 으음. 제 생각인데 특정 인물의 명령만 듣도록 특별

한 기운을 섞은 것 같습니다. 미약하지만 영력도 섞여 있습니다.

'그럼 일반적으로 만든 언데드를 다른 자가 **빼앗을** 수도 있는 거야?'

─그렇습니다. 언데드의 주인을 제압하고 지배 권한을 양도받거나 혹은 강력한 마기로 언데드에게 새겨진 각인을 지우고 자신을 새로운 주인으로 만들 수도 있습니다.

그렇다면 저 두 대사제는 왜 사기를 사용하는 걸까?

답은 간단했다.

다른 마신의 추종자들 역시 언데드를 사용할 수 있기 때문일 것이다. 힘들게 찾아서 공들여 만든 언데드를 다른 세력에 **빼앗기지** 않도록 수를 쓰는 것이다.

'혹시 각인을 제거하는 방법도 알아?'

─네. 연성한 주체의 영혼보다 더 높은 격을 가진 자라면 어렵지 않습니다. 게다가 마법진을 사용해서 대량으로 연성한 구울은 더 쉽습니다.

알테어는 바로 각인 제거술을 알려 주었는데 쉽다면 쉽고 어렵다면 어려웠다.

각인 제거술은 물론 주인 인식술까지 전해 받은 가온은 문득 생각나는 것이 있어서 빠르게 지하로 날아 내려갔다.

'역시!'

3층까지는 비어 있었다. 설인의 사체가 누워 있던 흔적이

있었으니 아마 구울이 되어 지금 밖에서 활동을 하고 있을
것이다.

4층으로 올라가니 이미 구울로 변한 사체들이 보였는데
생전의 모습과 달리 본능적으로 생자(生子)의 피와 고기를 탐
하는 흉흉한 눈빛을 가지고 있었다.

언제부터 구울 연성을 시작했는지는 몰라도 50층까지의
설인 사체는 모두 구울로 연성되어서 술사가 명령을 내리면
바로 움직일 수 있는 상태로 보였다.

51층부터 87층까지는 구울로 연성 중인 상태로 층이 낮을
수록 연성도가 높았다.

'알테어, 연성진으로 언데드를 만들면 시간이 오래 걸리
나?'

-네. 대량으로 연성할 수 있다는 장점은 있지만 완전히
연성이 되려면 시간이 필요합니다. 생전의 능력이 높을수록
더 오래 걸립니다.

'알겠다. 큰 도움이 되었어!'

-별말씀을요.

가온은 곧바로 다시 지하 4층으로 내려갔다. 그리고 이미
연성된 설인 구울 중 특별한 강력한 개체를 찾기 시작했다.

알테어는 생전만큼은 아니지만 언데드치고는 굉장히 높은
지능을 가진 구울은 술사의 명령을 듣지만, 구울킹의 명령에
도 따르기 때문에 명령이 상충될 때는 더 친화력이 강한 쪽

의 명령을 듣는다고 알려 주었다.

'시간이 없으니 일단 구울킹만 내 것으로 만든다!'

영혼의 격이야 당연히 대사제보다 자신이 높을 테고 사기는 S등급인 에너지 변환 스킬이 있으니 어렵지 않을 것이다.

대사제를 상대할 전략을 완성한 가온은 곧바로 다시 묘역을 빠져나갔다.

꽈아앙! 꽈앙!

"적이다!"

"죽여라!"

"끄아아악! 신성력이다!"

땡! 땡! 땡! 땡!

이제 밤이 늦어 마지막 구울들을 연성 중이던 대사제 몰탁과 뷔렐은 묘역 밖에서 들려오는 소음에 영창하던 주문을 멈췄다. 그러자 마법진에 마기를 불어 넣고 있던 사제들 역시 마기 주입을 멈추었다.

소음은 희미했지만 대사제는 물론이고 사제 계급만 해도 충분히 들을 수 있는 능력이 있었다. 그들은 마족이었으니 말이다.

그때 다급한 발소리와 함께 성전사 한 명이 사다리를 날듯이 내려오더니 마법진 쪽을 달려왔다.

"무슨 일이냐?"

안 그래도 지친 상태라서 짜증이 난 몰탁이 물었다.

"큰일입니다! 누군가 사제들과 성전사들이 묵는 건물들을 공격하고 있습니다!"

"공습? 설마 설인들이냐?"

"아닙니다. 철갑옷을 입은 거인들인데 작은 놈은 설인만 하고 큰 놈은 오우거만큼이나 큽니다!"

"설마 우리 쪽이 밀리는 것이냐?"

"그, 그게……."

"본 것만 말하라!"

"철갑 거인들은 대부분 오러 블레이드를 사용할 정도로 강한 데다가 신성력을 방출하는 마법진이 우리 쪽 건물들을 에워싸고 있습니다. 그래서 사제님들과 전사들이 속수무책으로……."

"자라트, 당장 사제들과 함께 아래로 내려가! 완성된 구울을 모두 끌고 가서 놈들을 처리하도록 해!"

그러자 자라트라는 이름의 사제가 다른 사제들과 함께 지하로 내려가는 사다리 쪽으로 달려갔다.

"너희들도 모두 지원을 가도록 해! 너는 바깥 상황을 다시 확인하고!"

"알겠습니다!"

설인족 사체들을 옮기던 전사들이 사제들의 뒤를 따랐고 보고를 한 전사 역시 황급히 다시 사다리 쪽으로 달려갔다.

"아! 숫자를 물어보지 않았군. 뭐 오러 블레이드를 쓰는 자들이라니 얼마 되지 않겠지."

"대체 어떤 자들일까요? 잉겔트로 들어오는 입구에도 꽤 실력이 뛰어난 사제들과 300이 넘는 구울들이 배치되었는데 말입니다."

몰탁이 혼잣말을 하자 뷔렐이 물었는데 태도가 공손한 것을 보니 같은 대사제지만 차이가 큰 모양이다.

"그러게. 차원을 건너온 이래 철갑 거인이 있다는 말은 들어 보지 못했는데. 게다가 신성 마법진이라니 이상해. 이 차원의 신을 추종하는 자들은 대부분 우리와 비슷한 시기에 건너온 다른 마신의 사제들에게 죽임을 당했거나 두더지처럼 숨어 지내는데, 대체 어디서 나타난 놈들이지?"

"설마 우리 쪽만 연결된 것이 아니라 선계와도 연결이 된 걸까요?"

"그야 알 수 없지. 이 차원은 이미 차원 융합이 반 이상 진행된 상태니까 그럴 수도 있긴 하지. 그나저나 베벨이 제물을 이끌고 신전에 갔을 때 이런 일이 생기다니 좀 불안하군."

"그곳이야 별일이 있겠습니까. 늦어도 사나흘 후면 강림을 마친 마신의 분신께서 활동하실 텐데요."

"그렇긴 한데 신성력을 사용하는 자들이 나타난 것이 왠지 마음에 걸리네."

그때 사제들이 내려간 지하에서 비명이 메아리치듯 울려 퍼졌다.

"끄아악!"

"이놈들! 끄헉!"

"죽어 버, 컥!"

비명을 들은 대사제들의 안색이 확 변했다. 전사들은 이미 모두 이 거대한 묘역을 빠져나간 상태라 지금 비명을 지르고 있는 주체는 사제와 성전사 들일 수밖에 없었다.

대사제들이 입고 있던 로브가 찢어지면서 등 뒤에 박쥐의 그것을 닮은 거대한 날개가 돋아났다.

대사제들이 막 날아오르려고 했을 때였다.

"홀리 스페이스!"

돌연 발동이 멈춘 마법진 한쪽에서 모습을 드러낸 인간이 강대한 신성력을 방출했고, 그 순간 대사제들은 신성력으로 가득한 물속에 빠진 것처럼 몸을 거의 움직일 수 없었다. 사기나 마기와 상극인 신성력에 노출된 것이다.

"천족!"

"신성력!"

이런 상황은 아예 상정하지 않았기에 당황할 수밖에 없었던 두 대사제가 아주 잠시 멈칫했을 때 그들의 바로 머리 위에서 시퍼런 뇌전 다발들이 쏟아지기 시작했다.

츠즈즈즈즈.

"끄아아아!"

둘 중 뷔렐이 몸을 뒤틀면서 비명을 질렀다. 하지만 몰탁의 시커멓게 변한 몸에는 어느새 몇 겹이나 되는 마기의 막이 생겨나 있었다.

간신히 뇌전 다발을 떨쳐 낸 몰탁은 있는 대로 마기를 끌어 올렸다. 대사제가 되면서 마신 테라르로부터 직접 전수받은 기운을 사용하려는 것이다.

사마기(邪魔氣)라고 이름을 붙은 그 기운은 상대의 몸에 닿기만 하면 육체는 물론 영혼까지 잡아먹을 수 있는 권능을 가지고 있었다.

하지만 조심성이 누구보다 많은 상대가 그것을 두고 볼 리는 없었다.

파바바바밧!

"크악!"

"커어억!"

신성력으로 이루어진 마나탄이 감전 상태에서 벗어나지 못하고 있는 뷔렐은 물론 몰탁에게도 각각 다섯 발씩 날아갔고 그들의 마기 막을 뚫고 급소를 관통했다.

뷔렐은 단말마의 비명과 함께 시퍼런 뇌전 속에 쓰러졌고, 간신히 머리를 보호한 몰탁은 주문을 영창하기 시작했다.

상대는 마족에게는 상극이나 다름없는 신성력과 뇌전력을

자유자재로 사용하는 인간이었다.

마법진도 없이 이렇게 능숙하게 두 기운을 사용하는 점이나 사제들이 당한 직후 나타난 것을 보면 또 다른 적들이 있을 것이 도망을 치려는 것이다.

그때 공간을 이동하듯 순식간에 가까워진 인간의 손이 몰탁의 양손을 붙잡았다.

"마나 탐식!"

순간 몰탁은 막 활성화되고 있는 주문에 담긴 힘은 물론 마기까지 상대의 손으로 빨려 가는 것을 느끼고 대경했다.

반사적으로 손에 힘을 주어 상대를 밀치려고 했지만 꼼짝도 할 수가 없었다. 심지어 상대의 손을 뿌리칠 수도 없었다.

쏴아아아!

마치 산사태가 난 것처럼 몰락의 체내에 있던 마기와 사마기가 엄청난 속도로 상대의 손을 통해 빨려 나갔다.

'비겁한 인간!'

자신이 마신의 명으로 구울 연성에 오랫동안 집중하느라고 심력은 물론 마기와 사마기도 절반 이상 소모한 상태에서 정신을 못 차릴 정도로 빠르게 기습을 한 것도 부족해서 흡혈귀처럼 마기와 사마기를 빼앗으려고 하다니, 자신보다 더 탐욕의 마신에 어울리는 놈이었다.

하지만 그건 속으로 품은 생각일 뿐 마나 탐식 스킬이 발동되면 대상은 꼼짝도 할 수 없었다.

스킬이 발동될 때 몸을 마비시키고 체내의 에너지까지 비활성시키는 특별한 마나 진동파가 발생하기 때문이다.

결국 몰탁은 대사제라는 위명과 마신 테라르가 가장 신뢰하는 고위 마족답지 않게 사마기와 생명력은 물론 정혈까지 모두 흡수당해서 가루처럼 날려 소멸되고 말았다.

잠시 상태창을 확인한 가온은 만족한 미소를 지었다.

'음양기가 500만에 영력 200만 정도가 늘어났군.'

마나 탐식 스킬이 있는 가온에게 마족은 보약이나 마찬가지였다. 물론 이번처럼 상대를 가사 상태 혹은 제대로 대항할 수 없는 상태로 만들어야 하지만 말이다.

거기에 곧바로 들려오는 안내음을 들은 가온의 미소가 더 짙어졌다.

'생각보다 더 강한 놈들이었군.'

한 마족은 일전에 처치했던 오행마보다 서열이 훨씬 더 높았고 다른 한 놈은 오행마와 서열이 비슷했다. 그래서 레벨이 5가 올랐고 100만이나 되는 명예 포인트를 얻었다. 오행마 전원을 처치하고 획득한 포인트와 동일했다.

다만 마나 탐식으로 마기와 영력을 흡수해서 그런지 음양기나 영력의 증가는 없었다.

'그래도 쓸 만한 스킬은 하나 얻었군.'

두 개의 아이템과 스킬 하나는 가온에게 별 의미가 없었지만 스킬로 분류가 된 S급 스킬 하나는 기대가 되는 내용을 가지고 있었다.

내용은 간단했지만 가온은 이 스킬 강화가 엄청난 위력을
가지고 있다고 확신했다.

영력 소모의 양은 시험을 통해 알아봐야겠지만 스킬의 위
력을 배가, 즉 몇 배수로 높여 줄 수 있다니 강력한 공격기를
원하던 가온에게는 반가운 스킬이다.

그때 지하에서 들려오던 비명이 멈추더니 다시 안내음이
들려왔다.

'호오! 사제들도 꽤 주는군.'

가온의 권속이 된 설인 구울킹들이 처치한 사제들과 전사
들에 대한 보상이었는데, 방금 전의 보상에 비하면 별건 아
니지만 그래도 명예 포인트가 30만에 B등급 이하의 스킬 진
화권 세 장을 얻었다.

가온은 강화권을 묵히지 않고 그 자리에서 C등급이었던
홀리 퓨리파이, 홀리 스페이스 스킬을 B등급으로 진화시켰

고 D등급이었던 홀리 아이스 스킬을 C등급으로 진화시켰다.

'마신을 추종하는 무리를 상대하려면 신성 마스터리 스킬들을 많이 써야 할 거야.'

그렇게 전리품을 빠르게 처리한 가온은 지하로 내려가서 입 주위에 핏자국이 선명한 설인 구울킹들이 갈기갈기 찢어진 사제들의 로브 잔해 주위를 돌아다니는 것을 볼 수 있었다.

사제와 전사 150명으로는 가온이 깨운 구울킹 200마리의 배를 채워 주지 못한 것이다.

가온은 구울을 소환했을 때는 반드시 보상을 줘야 한다는 사실을 떠올리고 아공간에서 오크 사체를 찾아서 숫자에 맞게 나눠 주었다.

아무리 오크라고 해도 구울킹들이 팔다리를 쭉쭉 찢어서 먹는 모습은 끔찍했지만, 이미 수많은 죽음의 현장을 목도한 가온에겐 견딜 만했다.

그렇게 구울킹들이 보상을 즐기고 나자 가온은 범위 지정을 통해서 이제 권속이 된 구울킹들은 물론 각 층을 돌아다니면서 아직 깨어나지 못한 구울들을 모조리 언데드 전용 아공간으로 집어넣었다.

'아직 깨어나지 않은 구울들은 시간이 날 때 각인을 지우고 새롭게 주인 인식을 시켜야지.'

지금은 그럴 시간이 없었다. 구울의 숫자가 대략 17만 구나 되었기 때문이다.

'놈들이 연성이 완성된 구울들을 동원했다면 골치가 아플 뻔했어!'

4층부터 50층까지에 있던 설인 사체들은 이미 구울로 연성이 된 상태여서 술사가 명령만 내리면 움직일 수 있었기 때문이다.

물론 그러지 않은 이유가 있기는 했다.

구울은 언데드 중에서도 지능이 높고 흉악하며 생전보다 더 높은 능력을 가지게 되어 놈들을 부리려면, 단순히 주인으로 인식시키는 것에 더해서 명령을 내릴 때마다 충분한 보상을 줘야 하며 부리는 숫자가 늘어날수록 정신력 소모가 크다.

보상이야 당연히 살아 있는 생물로 묘지 건물 밖에서 거주하는 설인들로도 충분했지만, 한창 구울을 대량으로 빠르게 연성 중이었던 대사제나 사제 들로서는 그런 정신력을 부담할 수가 없었다.

'참! 바깥 상황은 어떻게 됐나?'

걱정은 별로 되지 않았다. 압도적인 전력을 소환해 두었기 때문이다.

대전사장들과 전사장들 그리고 마법사들과 정령사들까지 2천여 명이나 되고 타이탄까지 있으니 딱히 신경을 쓸 필요는 없었다.

가온은 위로 올라가면서 아직 멀쩡한 설인 사체들을 보고

속으로 혀를 찼다.

'설인들이 이곳 상황을 알면 난리가 나겠군.'

선조들의 사체가 구울로 변한 것도 분통이 터질 노릇인데 태반이 아예 사라졌으니 격렬한 반응은 당연할 것이다.

'그렇다고 이미 구울이 된 사체들을 되돌려 놓을 방법도 없으니.'

가온은 약간 양심의 가책을 받았지만 시치미를 떼기로 했다.

그나저나 위로 올라갈수록 사체의 상태가 좀 이상했다.

'미라화 정도가 왜 더 높지?'

위로 올라갈수록 사체가 미라로 변한 정도가 심해졌다. 가장 위층의 사체들은 수분이 다 빠져나가 뼈에 거죽만 씌워 놓은 형상이었으니 말이다.

'설마 가장 위층이 시조 격인 설인의 사체가 놓인 건가?'

그렇게 되면 가장 아래층에 있던 사체들이 가장 최근에 사망한 설인들의 것이다.

'비교적 최근에 사망해서 익히 알고 있는 선조가 구울이 되었으니 설인족들이 제대로 대항할 수 없었던 거군.'

아무튼 안 그래도 추운 지역에서 얼음을 정교하게 재단해서 이런 건물을 만든 설인의 선조들은 꽹장히 높은 문명을 지니고 있었던 모양이다. 물론 지금 설인족의 문명 수준은 제대로 알지 못하지만 말이다.

에너지 이변의 이유

가온이 묘역을 나갔을 때는 이미 전투가 끝난 상태였다.

"헤루스!"

전투를 지휘한 시르네아가 달려왔다.

"상황은 종료된 건가?"

사제들과 전사들이 머무르던 건물들이 모조리 박살이 나 있었고 잔해에는 핏자국이 꽤 많이 보였다.

"네! 헤루스께서 말씀하신 대로 압도적인 전력으로 놈들을 모조리 처치했습니다!"

시르네아는 처음에는 그냥 사제와 전사 들을 상대했지만 더 이상 건물에서 나오는 놈들이 보이지 않자 타이탄 100기를 동원해서 건물들을 모조리 때려 부쉈다고 했다.

그런 다음 밖으로 나오는 놈들을 속속 해치우고 정령들로 하여금 생존자을 찾도록 해서 철저히 전멸시켰다고 했다.

"잘했어! 그런데 새로 합류한 전사들은 어땠어?"

"기존 전사들에 비해 많이 밀리는 실력은 아니었습니다."

시르네아가 합격점을 주었다. 시르네아는 하이엘프답게 평가에 철저한 구석이 있었다.

"신성진의 위력이 대단하더군요."

"그랬나?"

"네. 특히 마신의 사제들이 제대로 마법을 쓰지 못했기 때문에 별다른 피해가 발생하지 않은 것 같아요."

공들여서 신성 마법진을 설치한 보람이 있었다.

시르네아와 그런 얘기를 나누고 있을 때 자신이 맡은 일을 마무리한 대전사장들이 하나둘 모여들었다.

"온 랑, 이상한 일이 있어요!"

뒤늦게 합류한 아레오가 흥분한 얼굴로 말했다.

"무슨 일인데?"

"이곳은 던전도 아닌데 그 시스템이라는 존재에게 보상을 얻었어요!"

"어떤 보상인데?"

"맞아요. 던전을 공략하고 난 후 들리는 음성과 보이는 반투명한 영상이 이번에도 나타났어요. 마신의 사제들과 전사들을 처리하는 데 공헌한 보상으로 저도 신성 마법 한 가지와 명예 포인트를 얻었어요."

흥분한 얼굴로 달려온 아나샤가 아레오 대신 대답했다.

'호오! 내 권속임에도 마신의 사제를 해치우면 보상을 받는단 말이지.'

새로운 사실을 알았다.

'이렇게 되면 전력을 다해서 의뢰를 완수해야겠군.'

이번 차원 의뢰만 제대로 완수하면 지구와 탄 차원을 포함하는 거대한 차원계 전체를 대상으로 진행되는 차원 융합 현상이 일정한 기간 동안 멈춘다.

그렇기에 당연히 해야 하는 의뢰였지만 굳이 던전을 공략하지 않아도 단원들이 마족을 포함한 마신의 사제와 전사 들만 제대로 해치워도 보상을 받아서 실력을 높일 수 있는 기회가 주어지니 더욱 의욕이 강해졌다.

"다들 보상을 받았나?"

"네!"

"저어……."

다들 보상을 받아서 안색이 밝았는데 일부는 이상한 표정을 짓고 있었다. 새로 합류한 엘프족과 드워프족 전사들이었다.

"말해 봐."

"이상합니다. 지금까지 마신을 추종하는 무리를 해치웠을 때는 이런 보상을 받은 적이 없었어요."

헤벨이 앞으로 나오며 말했다.

"던전을 공략했을 때는 어땠나?"

"당연히 보상이 나왔는데, 10년 전부터는…….'"

무슨 일이 벌어졌을지는 안 들어도 알 수 있었다.

가진 힘을 한 번 소모하면 예전보다 열 배는 느리게 회복되니 몸을 사릴 수밖에 없었을 것이다. 당연히 던전 공략은 멈추어졌을 테고.

"그대들이 내 권속이 되며 벌어진 일 같군."

"네?"

헤벨은 물론 새로 합류한 전사들은 모두 가온의 말을 이해하지 못하는 얼굴이었다.

"나는 이 세상에 존재하는 마신의 신전과 마신을 추종하는 무리를 모조리 처단하라는 사명을 받았다. 이 세계를 포함한 우주 전체의 모든 신이 준 의뢰라고 할 수 있지. 그러니 당연히 보상을 받을 자격이 있고, 그대들은 내 권속이니 그 보상을 누릴 수 있다는 얘기다."

"아아! 그렇군요! 저, 정말 대단하십니다! 저희가 제대로 된 주인님을 모시게 된 것 같아요!"

헤벨을 위시한 전사들은 가온이 온 우주의 신들로부터 사명을 받았다는 말에 크게 감동했다. 강력한 전력을 가진 용병단의 주인으로만 알고 있었던 가온이 신들과 직접 소통하는 위대한 존재라고 인식한 것이다.

당연히 가온을 바라보는 눈빛에는 신을 대하는 것만큼이나 강렬한 경외심이 담겨 있었다.

가온은 그들이 어떻게 생각하는지는 관심이 없었지만 그들의 눈빛은 좀 부담스러웠다.

가까운 곳에 있던 놈들은 몰려왔을 테지만 전투가 너무 빨리 끝나서 비교적 먼 거리에 있는 놈들은 긴가민가하며 움직이지 않고 있을 가능성이 있었다.

또한 특별한 시설물을 지키고 있는 놈들도 여간해서는 움직이지 않았을 테니 마저 처리해야만 했다.

그래도 굳이 2천여 명이 움직일 필요는 없어서 300여 명만 남기고 나머지는 아니테라로 돌려보냈다.

"자! 이제 흩어져서 혹시 모를 마신의 사제와 구울들을 마저 처리하도록 해!"

시르네아 등 남은 전단의 수뇌부는 전력을 다섯 부대로 나누어서 두 부대는 버섯농장 지대와 목장지로 향했고 나머지 세 부대는 설인의 주거 지역을 훑어가면서 확인하기로 했다.

얼마 후 설인 몇 명이 새로 합류한 엘프 전사장 다섯 명에게 둘러싸여 가온이 있는 곳으로 걸어왔다.

"감사합니다!"

설인들은 대뜸 가온에게 그렇게 말하며 넙죽 절을 했다.

"일단 일어나십시오."

가온은 설인들을 일으켜 세웠다. 과한 예의는 아직도 적응되지 않았다. 게다가 네 설인은 모두 굵은 주름이 팬 안면부의 털이 하얗게 셀 정도로 나이가 많아 보였다.

　"그런데 누구십니까? 혹시 샴 족장을 아십니까?"

　"저, 정말이었군. 샴은 설인족 연합의 대족장입니다. 그리고 저는 야크 일족의 전대 족장인 로홀이라고 합니다."

　"우리 단원들에게 들었는지 모르겠지만 샴 족장으로부터 이곳에 대한 의뢰를 받은 아니테라 용병단의 단장 온 훈이라고 합니다."

　"듣긴 했는데 마족들과 구울들을 상대할 정도의 무력을 가진 용병단이 있을 리가 없다고 생각했고, 샴 대족장과 전사들이 마족들에게 끌려갔기 때문에 말도 안 되는 의심을 했습니다. 송구합니다."

　"그럴 수도 있지요. 그럼 들었겠지만 샴 족장과 설인 전사들은 이곳으로 달려오고 있을 겁니다. 우리는 초대형 텔레포트 마법진을 이용해서 먼저 왔거든요. 샴 족장과 맺은 의뢰계약서도 있습니다."

　그러자 눈치가 좋은 아레오가 품에서 계약서를 꺼내 로홀에게 보여 주었다.

　"맞군요."

　이제야 안심이 되는 모양인지 로홀 일행의 안색이 다소 밝아졌다.

"마신 테라르의 사제들에게 붙잡혀 노역에 시달리는 잉겔트의 주민들을 안전하게 구출하는 것이 우리 임무입니다. 그리고 그건 마신 테라르의 사제와 전사 그리고 구울 들을 처리하는 것으로 이미 완수했다고 생각하는데, 어떻게 보십니까?"

로홀 일행은 완전히 무너져 버린 건물들과 그 사이로 보이는 핏자국 그리고 바닥을 적신 검붉은 피를 보고 고개를 끄덕였다.

"물론 마신의 추종자들을 완전히 토벌한 것은 아닙니다. 지금 우리 단원들이 잉겔트 구석구석까지 훑으면서 정리를 하고 있으니까요."

"네! 직접 확인했습니다. 그, 그런데 혹시 저희 묘역 안도 정리가 된 겁니까?"

"직접 들어가서 확인하면 알겠지만 그곳에서 설인족의 사체들을 대상으로 구울로 만들어 어디론가 보내고 있던 마족 출신의 대사제 둘과 사제 오십 그리고 전사를 모조리 죽였습니다."

"아아아아! 이렇게 고마울 데가!"

설인족 노인들이 다시 엎드려 몇 번 절을 하더니 가온과 묘역 건물을 번갈아 쳐다봤다.

"들어가서 확인해 보십시오."

가온의 말에 설인족 노인들이 황급히 묘역이라 칭한 대형 건물 안으로 들어갔다.

그들은 다섯 부대가 모두 돌아온 직후에 다시 묘역에서 나왔는데 얼굴이 잔뜩 일그러져 있었다.

아마 사라진 사체들을 확인하고 화가 잔뜩 난 모양인데 부대별로 정렬한 전사장들이 자연스럽게 방출하는 기세와 날카로운 군기에 놀랐는지 표정 관리를 했다.

'엄청난 군세다!'

설인족에서 가장 큰 세력이 큰 야크 일족의 전대 족장이었던 로홀도 그렇지만, 다른 세 설인족 노인들도 설인 연합의 원로인 만큼 한때 전사들을 지휘하던 경력이 있었기에, 아니테라 용병단이 뿜어내는 군기만 봐도 얼마나 강한지 알 수 있었다.

'이런 강자들을 규합한 용병단이 있다니!'

'이런 강한 세력이 있는데도 세상이 엉망이 되다니 에너지 이변이 미친 영향이 정말 크구나!'

그들이 그런 생각을 하고 있을 때 가온이 수뇌부와 함께 다가왔다.

"묘역 내부는 확인했습니까?"

"네! 사제라는 자들이 남긴 핏자국과 찢어진 옷조각 그리고 그 갈아 마실 마족 놈들이 우리 선조들의 유체를 마법진을 이용해서 구울로 만드는 현장까지 확인했습니다!"

"만만한 놈들이 아니라서 가장 자신 있는 공격기를 사용했기 때문에 육편조차 남지 않았습니다. 대사제들은 저주를 남기고 공간을 넘어가려고 했지만 그 순간 마법진을 파괴했으니 마계로 돌아갈 수 없었을 겁니다. 소멸되었거나 차원의 미아가 되어 영원히 아무것도 없는 빈 우주를 떠돌게 될 겁니다."

"믿겠습니다!"

"내일 정도면 샴 족장과 전사들이 돌아올 테니 대가는 그때 받도록 하겠습니다. 아무래도 오늘 밤은 이곳에서 보내야 할 것 같은데, 괜찮겠습니까?"

"당연히 괜찮지요. 빈집들이 좀 있으니 아이들을 불러서 안내하도록 하겠습니다."

"감사합니다. 그럼 우리는 저곳에서 좀 쉬도록 하지요."

가온은 철저하게 부서진 건물 잔해들이 없는 넓은 공간을 가리키며 말했다.

"빨리 쉬실 수 있도록 서두르겠습니다. 소란이 좀 발생해도 이해해 주십시오."

그렇게 말한 로홀은 다른 원로들과 함께 서둘러 다시 주거 지역 쪽으로 달려갔다.

"저쪽에 보이는 광장으로 이동해서 부대별로 편안하게 휴식을 취하도록."

그렇게 명령을 내린 가온부터 수뇌부와 함께 광장으로 이동했다.

잠시 설인의 거주 지역 곳곳에서 불이 켜지면서 환호성과 울음이 터져 나왔다. 그들이 바라 마지않았던 기쁜 소식이 전해졌기 때문이다.

성인이 된 설인족의 체고가 3미터에 달할 정도로 거구인 만큼 웃음소리와 울음도 엄청나게 컸고 그때부터 계속 시끄러웠지만 충분히 이해할 수 있었다.

'그나저나 마족은 다 죽었는데 아직도 짙은 마기가 이렇게 가득하네.'

가온은 잉겔트 내부의 농후한 마기가 묘역 내부의 언데드 연성 마법진 때문이라고 생각했는데, 지금은 작동을 하지 않고 있음에도 마기가 전혀 옅어지지 않았다.

'마기의 근원지를 좀 찾아봐.'

아직도 잉겔트 곳곳을 쏘다니고 있는 정령들에게 부탁을 했는데 대답은 금방 나왔다.

─채광하고 있는 벽 곳곳에 마정석이 박혀 있어.

카오스가 알고 있었다.

'마나석이 아니라 마정석이었어?'

─다른 곳은 마나석이 박혀 있는데 그곳만 달라. 그리고 그 마정석들이 아무래도 마법진의 코어 역할을 하는 것 같은데, 좀 특별해.

'어떻게 특이한데?'

─생물체의 내부에서 만들어진 것이 아닌 마정석인데 품

고 있는 마기가 엄청나.

자연에서 생성된 마정석이 있다는 소리는 금시초문이다.

가온은 곧바로 아레오와 아나샤를 곁으로 불렀다. 마침 잉 젤트는 마나가 너무 희박해서 다들 연공 대신 쉬거나 대화를 나누고 있었고 두 사람 역시 마찬가지였다.

"온 랑, 무슨 일이에요?"

아레오가 가온의 부름을 받자 아나샤도 일어났고 시르네 아 등 전단 수뇌부들까지 움직였다. 가온은 일이 커지는 것 같아서 좀 신경이 쓰였지만 그냥 용건을 꺼냈다.

가온은 그들을 이끌고 낮에 설인족들이 채광을 하던 곳으 로 향했다.

"이곳에 왜 온 거예요?"

"혹시 이곳에 눈에 보이지 않는 마법진이 있는지 확인해 봐."

"마법진요?"

"헙! 저기 위쪽에!"

스노족의 헤르나인이 손가락으로 가리킨 곳은 채광으로 인해서 동굴처럼 변한 위쪽 벽이었는데, 벽은 물론이고 천장 까지 달빛을 반사하는 크고 작은 수정이 박혀 있어서 안력을 강화해서 유심히 살펴야만 볼 수 있었다.

"흐음. 굉장히 작은 마정석으로 이루어진 마법진이 맞네 요. 지금도 활성화된 상태고. 그런데 형태로 보아 일부분인 것 같은데…….”

"맞아요, 아레오 헤라. 일정한 간격으로 미세 마정석들이 박혀 있는 것으로 봐서 이쪽 벽면 전체가 모두 마법진인 것 같아요."

생각해 보니 헤르나인은 스노족에서 극소수의 전사이기 이전에 수준 높은 결계술사이기도 했다. 그러니 마법진을 쉽게 알아본 것이다.

아레오와 헤르나인의 대화를 듣던 사람들은 수정으로 인해서 보지 못했던 미세한 마정석을 발견했고 그때부터 수정 빛에 숨겨져 있던 대형 마법진을 확인할 수 있었다.

"어떤 마법진인지 확인할 수 있겠어?"

가온의 물음에 아레오가 눈매를 좁히며 고심하는 중에 갑자기 헤르나인이 눈을 크게 뜨더니 소리를 질렀다.

"가만! 이거!"

헤르나인의 눈빛이 강렬해졌다.

"뭔지 알겠어?"

가온이 기대를 안고 물었다.

"이건 아이테르 차원의 다크엘프와 마족 던전에서 봤던 마법진과 비슷해요. 다만 흡발석이라는 아이템은 없지만요."

"맞아요! 그 마법진과 비슷해요! 그런데 어디에서 분명히 봤는데…….”

짝!

헤르나인의 말에 곰곰이 생각하던 아레오가 눈을 빛내며 두 손바닥을 마주쳤다.

"맞아! 이건 다른 에너지를 마기로 바꾸는 마법진이에요!"

"그런 마법진이 있어?"

"그 학회지에 비슷한 내용이 있어서 파넬과 알테어와 함께 연구해 본 적이 있거든요. 가능성은 충분했지만 기회가 없어서 실험을 해 보지는 않았어요."

아레오의 말을 들은 가온은 채광을 하던 곳으로 빠르게 걸어갔다. 그리고 심안을 발동해서 벽 안쪽을 들여다봤다.

"영맥이 왜 이곳에?"

놀랍게도 심안의 한계인 깊은 안쪽에는 밀도가 높은 영력을 방출하는 영맥이 종횡으로 지나고 있었다. 그런데 바깥쪽, 그러니까 벽과 가까워질수록 영맥 대신 농후한 마기를 뿜어내고 있는 마정석맥이 있었다.

'마정석도 맥이 있나?'

처음 듣는 얘기다. 가온이 아는 마정석은 지금까지 마기를 가지고 있는 생물의 심장 혹은 두개골 안에서 발견이 되었기 때문이다.

'뭐 있을 수도 있지. 그런데 이렇게 마정석맥과 영맥이 붙어 있는 경우도 있나?'

그것도 모르겠다. 사실 영맥조차 가온이 처음 접하니 말이다.

그런데 문득 헤르나인이 가장 먼저 알아본 마법진의 효과에 대한 얘기가 떠올랐다.

"혹시 사제들의 거처에서 발견한 것은 없나?"

"제가 당장 가 볼게요!"

시르네아가 혹시 몰라서 완전히 부숴 버린 건물 쪽으로 달려갔다. 그리고 그 뒤를 아레오와 아나샤 그리고 다른 대전 사장들이 따라갔다. 가온 역시 그쪽으로 걸음을 뗐다.

가온을 포함한 수뇌부의 움직임에 전사장들까지 가세해서 건물의 파편을 치우기 시작하자 금세 숨겨져 있던 것들이 드러났다.

물론 엉망이 되어 버린 사제들의 참혹한 사체들도 있었지만 사체들이 가지고 있던 소지품을 일일이 확인하던 시르네아는 목적했던 것을 찾아냈다. 바로 초대형 아공간 아이템이었다.

"마정석이에요!"

받아서 안을 살펴보니 적어도 10톤은 될 것 같은 어마어마한 양의 마정석, 그것도 대부분 상급으로 보이는 것들이 가득했다.

'그럼 놈들이 벽에 새긴 마법진의 영향으로 영맥의 영석이 마정석으로 바뀐 건가?'

그럴 가능성이 아주 높았다.

'이제까지 영력은 자체적인 힘 말고도 마기나 마나의 균형을 잡아 주거나 증폭시키는 효과가 있다고 알고 있었는데, 특별한 마법진을 이용하면 마나 혹은 마기로 변환시킬 수 있는 건가?'

가온은 문득 떠오른 생각을 아레오와 헤르나인에게 말했다.

"충분히 가능한 얘기인 것 같아요! 당장 확인해 봐요!"

헤르나인이 흥분해서 빠르게 제안했다.

"당장?"

"마법진의 코어에 박힌 마정석들을 마나석으로 교체하면 돼요."

"한번 해 봐요, 온 랑."

가온은 심안을 발동한 상태에서 날아올라 일단 벽에 박힌 미세 마정석을 염력을 뽑아내고 변화를 주시했다.

스르르르.

다른 사람들은 변화를 제대로 감지하지 못했지만 가온은 마법진이 새겨진 벽에서 방출되던 마기 대신 영력이 방출되는 것을 확실하게 느낄 수 있었다.

예상이 맞았다. 하지만 한 가지 더 확인할 것이 있었다.

가온은 미세 마정석이 박혀 있던 자리에 염력을 사용해서 드래곤 아공간에서 꺼낸 미세 마나석을 꽂아 넣었다.

"된다!"

이제 사람들까지 느낄 수 있을 정도로 농후한 마나가 마법진이 새겨진 벽면을 중심으로 방출되고 있었다.

마법진만으로 한 에너지를 다른 에너지로 바꿀 수 있다니 정말 신기했다.

도저히 믿어지지 않아서 다시 심안으로 마법진이 새겨진 벽면을 꼼꼼하게 확인하던 가온은 이상한 것을 발견할 수 있었다.

메인 코어에 해당하는 자리의 안쪽에 시커먼 공처럼 생긴 물체가 있었기 때문이다.

'뭐지?'

가온은 벽 안으로 3미터 정도 들어간 곳에 자리를 잡고 있는 그 물체를 심안을 유지한 상태로 더 자세히 살펴보던 가온의 눈이 커졌다.

'크기는 작지만 흡발석과 비슷해!'

물체의 내부에는 아직 가는 관이 종횡으로 뚫려 있었는데 제대로 연구한 것은 아니지만 흡발석과 비슷한 것 같았다.

영맥 쪽에서 영력을 끌어와서 마나로 바꿔 방출하는 것이다. 그리고 그 마나는 마법진을 통해서 외부로 발산이 되었다.

게다가 검은 구체의 내부에는 미세한 크기의 영석들이 곳곳에 고정되어 있어서 마치 영력을 주입하는 것과 같은 효과를 내는 것 같아서 더욱 흡발석과 비슷했다.

'분명히 일부러 저 자리에 넣은 거야?'

벽을 꼼꼼하게 살펴보니 그 시커먼 물체까지 연결되는 구멍이 뚫렸던 흔적이 보였다.

누군가 구멍을 뚫어 그 물체를 현재의 자리에 깊이 삽입을 시킨 후 모종의 방법으로 메운 것이다.

가온은 카우마에게 부탁을 해서 벽에 시키면 구체와 연결되는 구멍을 뚫은 후에 염력으로 검은 구체를 뽑아냈다.

'역시 맞아!'

심안으로 살펴본 검은 구체는 인위적으로 만든 아이템이 확실했고 그의 생각대로 흡발석 역할을 하는 것 같았다.

혹시나 싶어서 갓상점을 열어서 이런 물체를 판매하고 있는지 확인해 봤지만 찾을 수는 없었다.

'그렇다면 누군가 의도적으로 이것을 만들었다는 소린데. 역시 마신이 만든 걸까?'

누구에게 들은 건지 혹은 어디서 본 것인지는 몰라도 마계의 강대한 존재는 차원을 직접 넘어올 수 없다고 했다.

그래서 기껏해야 능력이 확 떨어지는 분혼 정도만 차원 이동을 할 수 있는데, 그것도 직접 할 수는 없고 알테어에게 넘겨준 신체처럼 영혼의 격과 마기를 감당할 수 있는 육체에 빙의하는 것이라고 했다.

물론 그런 경우에도 제대로 활동을 하려면 마계만큼은 아니더라도 마기가 아주 농후한 곳이라야 가능하다고 했다.

'만약 10여 년 전에 마신 테라르의 추종자나 다른 마신들의 추종자들까지 이 차원에 존재하는 마나석이나 영석이 대량으로 매장된 광맥을 대상으로 이런 소형 흡발석과 마법진을 설치했다면 갑자기 마기의 양이 증가한 것이 말이 돼!'

자신의 가설이 사실이라면 이런 곳은 한둘이 아닐 것이다.

가온은 이제야 마신 테라르의 사제들이 설인족의 사체를 구울의 재료로 사용하려고 이곳을 장악한 것이 아니라는 사실을 깨달았다. 더 중요한 목적이 있었기 때문이다.

'마계의 존재들은 이 차원을 마계와 동일한 환경으로 만들려고 하는 것이 틀림없어.'

목적이야 아직 알 수 없다. 완전한 차원 융합이든 새로운 마계로 만들건 말이다.

채광을 하던 다른 벽면도 확인을 해 봤는데 가온의 예상대로 마법진이 한두 개가 아니었다.

"마법진이 크지는 않지만 효과가 미치는 범위는 마법진의 메인 코어를 기준으로 평면으로는 직경 120무인 것 같아요."

아레오의 말대로 메인 코어를 기준으로 대략 120미터 간격으로 동일한 마법진이 잉겔트의 한쪽 벽에 새겨져 있었다. 그렇기 때문에 마법진의 숫자는 꽤 많았다.

'과연 설인족은 잉겔트의 내부에 이런 영맥이 있다는 사실을 알고 있을까?'

움직이기 전에 확인을 해 둬야 할 것 같았다. 가온은 사람을 시켜 로홀 전대 족장을 모셔 오도록 했다.

"무슨 일입니까, 은인?"

로훌은 상황을 궁금해하는 설인족들에게 설명을 하느라 힘은 들었지만 뿌듯한 시간을 보내다가 가온의 호출을 받았다.

"차나 한잔하자고 모셨습니다."

"차요?"

뜬금없이 차 얘기를 꺼내자 로훌은 당연히 의아했지만 곧 코를 벌름거렸다.

아레오와 아나샤가 엘프차를 끓여 온 것이다.

"오오! 향만 맡았는데도 머릿속이 맑아지는 것 같습니다."

"힘들게 구한 엘프차입니다. 마셔 보십시오."

설인족은 딱히 차를 마시는 문화가 없는지 단숨에 반 이상 마셔 버린 로훌의 눈이 휘둥그레졌다.

안 그래도 말을 많이 해서 입이 깔깔했는데, 입안은 물론 목과 머리 그리고 몸 전체에 청량한 기운이 빠르게 퍼지며 피로감이 확 풀렸기 때문이다.

"오래전에 용병으로 세상을 돌아다닐 때 인간이나 엘프가 차를 마시는 것을 보고 차라리 술을 마시지 왜 떫은 차를 마시는지 이해를 못 했는데 이제야 이해를 하겠군요."

"궁금한 것도 좀 있고 족장님이 바쁘신 것 같아서 한숨 돌리시라고 겸사겸사 모셨습니다."

"기쁜 마음에 피로한 줄도 몰랐는데 정말 감사합니다, 은인. 그런데 뭐가 궁금하십니까?"

"원래 이곳 잉겔트에 설인족이 거주했던 겁니까?"

"아닙니다. 이곳은 설인족 전사들이 경지를 넘기 위해 수련을 하는 장소이며 묘역은 전사가 죽으면 조상신을 만나는 장소입니다. 불과 1년 전까지만 해도 우리 설인족들은 어머니의 품처럼 포근하고 넓은 설산 산맥에 흩어져 살았는데, 마신 추종자들의 공격을 받게 되었고 결국 이곳으로 모여들게 된 겁니다."

대답을 들은 가온은 이제야 잉겔트가 원래 묘역으로 건설되었으며 묘역 안에 전사로 추정되는 사체만 있었던 이유를 알 수 있었다.

"그런데 마기가 가득해서 묘역으로 사용하기에는 적당한 곳이 아닌 것 같은데요."

"원래는 이렇지 않았습니다. 마신의 추종자들이 이곳을 장악하기 전까지만 해도 신성한 기운이 가득한 곳이었습니다. 대사제라는 놈들이 우리를 모두 묘역에 가두고 있는 동안 뭔가 한 것이 틀림없습니다."

"혹시 의심이 가는 건 없습니까? 마족들을 다 죽였는데도 마기가 이렇게 짙으니 영 불편하네요."

"그렇지요. 저희도 사실 그렇습니다. 마기로 인해서 전사가 아닌 아이나 여자는 시름시름 앓고 있을 정도입니다."

신체가 강건한 설인이니 버티는 것이지 일반 인간이 이런 곳에서 석 달을 보냈다면 벌써 마기의 영향으로 죽거나 마화가 되었을 것이다.

'아무튼 아무것도 알아채지 못했다는 거네.'

이해할 수도 있는 것이 마신의 추종자들이 새긴 수많은 마법진은 미세 마정석으로 이루어졌고, 수정이 반사하는 빛 때문에 확신을 가지고 면밀하게 살펴보지 않는다면 알아차릴 가능성이 현저하게 떨어졌다.

"그래도 마신의 추종자들이 사라져서 그런지 처음 이곳에 잠입했을 때보다는 마기가 조금은 옅어진 것 같습니다. 제 느낌이 맞는다면 시간이 해결해 줄 가능성도 있을 것 같군요."

"그, 그런가요? 은인께서 그렇게 말씀하시니 그런 것 같기도 하고요."

로홀의 말에 가온은 내심 피식 웃었다.

한창때 실력은 어떠했는지 모르겠지만 나이가 들어 은퇴한 전대 족장으로는 마기의 농도 변화를 쉽게 알아차릴 수 없었다.

그렇게 목적을 달성한 가온은 바로 로홀을 보낼 수 없어 식량 사정을 물었는데 생각 이상으로 좋지 않았다.

"지난 석 달 동안 버섯만 먹고 살았습니다."

"가축도 기르는 것 같은데요?"

"그건 마족 사제와 성전사라고 부르는 놈들이 먹었습니다."

"그렇군요. 그런데 앞으로 어떻게 하실 생각입니까? 샴 족장과 잠시 얘길 나눴는데, 설산 산맥에 서식하는 동물 대다수가 마수가 되었거나 죽었다고 하던데요."

"그게 문제입니다. 이곳은 조상신께서 머무는 신성한 곳이고 이 일대는 기온이 무척 낮은 곳이라서 식량을 구하는 것도 힘들어서 계속 지낼 수는 없지만, 마땅히 이 많은 족인들이 머물 곳도 없습니다."

"고민이 많으시겠군요."

"뭐 내일 샴 족장과 설인족 최고의 전사들이 돌아온다고 하니 다시 의논을 해 봐야지요."

"부디 설인족이 안전하고 풍요롭게 살기를 바랍니다. 사실 로홀 족장님을 청한 것은 이런 상황이라면 마땅히 축제를 벌여야 하는데 분위기가 너무 가라앉은 것 같아서 수하들에게 알아보라고 했더니, 먹을 것이 없는 것 같다고 해서 좀 도와드리려고 합니다."

"도움이라고요?"

"부족하겠지만 육포와 건과 그리고 건채소 들을 나눠 드릴 테니 기분이라도 내십시오."

"아이고! 이렇게 감사할 데가! 저도 용병으로 활동한 적이 있지만, 아니테라처럼 강하면서도 배려가 넘치는 용병단은 듣도 보도 못했습니다! 정말 감사합니다!"

로홀은 식량을 준다는 소리에 벌떡 일어나서 몇 번이나 허리를 깊이 숙여 감사를 표하고는, 수하들을 불러서 가온이 아공간에서 꺼내 주는 식량을 가져가도록 조치했다.

설인족은 모르지만 식량은 가온이 잉겔트에서 뽑아 가기로 한 마나석과 영석에 대한 대가였다.

'카오스, 녹스, 마누, 카우마, 이곳에 있는 미세 마정석과 마나석 그리고 영석들을 적당히 챙겨!'

생각 같아서는 영맥 전체를 통째로 챙겼으면 좋겠지만 그건 불가능했다.

─적당히는 얼만큼인데? 영맥 사이에 뭉쳐 있는 영석들만 해도 엄청 많다고! 10만 개가 훨씬 넘을 거야.

영석이 그렇게 많을 줄은 몰랐지만 알았으니 적당히 챙겨야겠다.

'큰 거 위주로 1만 개씩만 챙겨.'

─알았어. 그거 다하면 영력이 녹아 있는 지하 호수에서 놀아도 되지?

'그렇게 해, 대신 다 놀고 나면 호숫물도 다 챙겨.'

그런 호수가 있다면 호숫물은 당연히 챙겨야 한다.

─알겠어! 다 들었지? 빨리 일하고 놀자!

가온에게만 보이는 것이지만 네 정령은 엄청난 속도로 움직이면서 벽과 천장에 박힌 미세 마정석은 물론 영맥의 영석들을 챙기기 시작했다.

다음 날, 정오 무렵에 잉겔트 부근에 도착한 샴 족장과 전사들은 깜짝 놀랐다.

전에는 이렇게 떨어진 거리에서도 확연하게 느낄 수 있었던 마기가 희미해진 것이다.

야크 일족의 족장으로 설인 연합의 수석 전사장인 보할이 잉겔트 입구를 보더니 놀란 얼굴로 황급히 달려갔다.

그의 뒤를 쫓던 설인족 전사들의 눈이 커졌다. 당연히 예상했던 마신의 추종자들과 구울들 대신 누가 봐도 살아 있는 설인족 전사들이 입구를 지키고 있었기 때문이다.

질풍같이 눈을 헤치고 잉겔트 입구로 달려간 보할이 전사들과 얘기를 나누더니 이전보다 더 빨리 달려왔다.

"대족장님, 됐어요! 됐습니다!"

"뭐가 됐다는 겁니까?"

"우리를 구해 준 아니테라 용병단이 어제 먼저 도착해서 마신의 추종자들과 구울들을 모조리 쓸어버렸답니다!"

"그, 그게 무슨?"

너무 놀라서 말도 제대로 나오지 않았다.

분명히 자신들이 먼저 출발했다. 아니테라 용병단의 전력이 강하다는 것은 마신의 신전에서 이미 확인했지만 눈이 쌓인 설산 지대를 이동하는 건 다른 문제다.

"텔레포트 마법진을 사용했답니다!"

그거라면 말이 된다. 아니, 생각해 보니 그것도 말이 안된다.

그들이 아는 거라곤 잉겔트라는 지명과 잉겔트가 자리한 산이 인근에서 가장 높고 거대한 규모라는 사실밖에 없는데 어떻게 좌표를 알았단 말인가.

"용병단이 텔레포트 마법진까지 사용하다니 정말 대단하네. 그러니 마신의 추종자들을 쓸어버렸겠지. 그럼 우리와 같이 움직이지!"

욤 일족의 족장으로 역시 수석 전사장인 키욤이 찬탄과 함께 투덜거렸다.

"일단 가 봅시다!"

그렇게 말한 샴이 잉겔트를 향해 빠르게 질주하자 다른 전사들이 그 뒤를 따랐다.

"그렇게 된 겁니다."

가온은 샴을 비롯한 설인족 연합의 수뇌부에게 의뢰의 진행 과정을 간략하게 설명했다.

"그랬군요! 일단 감사합니다!"

얘기를 들은 샴은 자리에서 일어나 먼저 허리를 깊이 숙여 감사를 표했다. 물론 다른 전사들도 그의 뒤를 따랐다.

"묘역부터 좀 둘러보고 싶습니다."

"그렇게 하십시오."

가온이 기다리는 동안 샴을 비롯한 전사들은 로홀 등 원로들과 함께 묘역 안으로 향했는데 가는 길에 완전히 부서진 좌우의 건물들을 보고 고개를 끄덕였다.

얼마 후 묘역에서 나온 샴 일행의 얼굴에는 복잡한 감정이 떠올라 있었다.

"선조들의 유해가 많이 사라졌더군요."

"우리가 진입했을 때 본 건 지하로부터 88층에서 대형 마법진을 이용해서 사체를 구울로 만들고 있던 마신의 사제들이었습니다."

"후유! 그럼 나머지 선조들의 유해는 이미 구울로 변해 모종의 장소로 옮겨졌거나 소멸이 되었겠군요."

"그건 잘 모르겠습니다."

"아! 추궁하려는 의도는 전혀 없었습니다. 사실 저희가 놈들에게 제대로 대항하지 못했던 이유 중에는 우리 설인족 구울들의 존재도 있었습니다. 아무리 언데드가 되었다고 해도 감히 선조의 육신에 상처를 낼 수가 없었지요. 로홀 원로께 들었는지 모르겠지만 우리 설인족은 용맹하게 싸우다가 세상을 떠난 전사들의 유해에 아직 영혼이 머무르고 있다고 생각합니다."

"그랬군요. 애도의 마음을 전합니다."

설인족 전사들의 마음은 충분히 이해가 갔다.

아무리 구울이 되었다고 해도 생전의 모습과 거의 동일하니 과감하게 손을 쓰기가 어려웠을 것이다.

"아닙니다. 하룻밤 사이에 우리에겐 불가능에 가까웠던 의뢰를 말끔하게 완수하신 데다가 그동안 굶주렸던 족인들을 위해서 많은 양의 식량까지 주셨다는 말을 들었습니다. 다시 한번 감사한 마음을 전합니다."

"그건 의뢰를 떠나서 사람이라면 응당 해야 하는 일입니다."

"덕분에 마기가 오염되었던 잉겔트도 정화가 되었고 일족의 명운을 쥐고 흔들었던 악랄한 놈들도 처치해서 더 바랄 것이 없습니다. 그럼 약속한 대가를 드리겠습니다."

샴은 그렇게 말하더니 목에 걸고 있던 목걸이를 통째로 잡아 뜯었다.

"설인족 연합의 38개 일족이 대대로 보관해 온 보물이 이 안에 담겨 있습니다. 충분한 보상이 될 겁니다."

목걸이를 받은 가온이 살펴보니 재질을 알 수 없는 끈은 오래 세월의 흔적이 역력했고 주먹 크기의 펜던트는 아공간 아이템이 틀림없었다.

마나를 주입해서 안을 들여다본 가온은 잠시 미간을 좁혔지만 이내 고개를 끄덕이며 화색이 되었다.

아공간 안에는 가온이 예상했던 아이템이 없었다. 대신 가지런히 놓여 있는 금속 상자가 가장 먼저 보였다. 뚜껑이 없는 100여 개의 같은 금속 상자에는 금덩어리와 사금이 가득했다.

'호오!'

이것만으로도 굉장한 가치가 있었지만 가온의 흥미를 끄는 건 바로 영석이었다.

잉겔트의 영맥에서 정령들이 뽑아낸 영석 중에서는 야구공 크기에 달하는 것들이 소량 섞여 있었는데 아공간 안에는 그런 영석이 수도 없이 쌓여 있었다.

가온은 그중 하나를 꺼냈다.

'엄청난 영력이다!'

가온의 손에 잡힌 대형 영석은 엄청난 영력을 방출하고 있었는데 그가 한 번도 보지 못한 크기였다.

"우리 설인족이 가진 힘의 근원이 담긴 근원석입니다. 아이가 태어났을 때와 전사가 되었을 때 그리고 족장이 되었을 때 열흘 동안 소지하는 보물입니다."

설인족은 영석을 근원석으로 부르는 모양인데 영력이라는 에너지가 방출된다는 것은 모르지만, 그들의 강건한 육체 능력과 깊은 관계가 있다는 건 알고 있는 모양이다.

"이 근원석의 힘을 받아들인 아기는 전사로 키워지고 전사가 되거나 족장과 같은 높은 위치가 되면 다시 한번 근원석의 힘을 추가로 받아들일 기회가 다시 주어집니다."

그 정도라면 정말 일족의 보물이라고 할 수 있을 것이다.

게다가 외부에 노출된 상태로 보관하는 것이 아니라 아공간 아이템에 넣어서 보관하기 때문에 오래 사용할 수 있었을 것이고.

"근원석은 여기에 있는 것밖에는 없습니까?"

"그렇습니다. 아득한 오래전 설인족을 사람답게 교화하고 이 설산 지대의 지배자로 만들어 주신 시조께서 친히 내려 주신 보물입니다. 이곳 잉겔트에도 근원석이 있는지 비슷한 힘이 느껴지기는 하지만 무너뜨릴 수가 없기 때문에 더 이상 구할 수 없습니다."

설인족은 오랫동안 묘역이 자리한 잉겔트의 벽을 훼손해 가면서 영석을 채광할 엄두도 내지 않았을 것이다.

"그런데 왜 이것들을 샴 족장께서 가지고 계신 겁니까?"

"마신의 추종자들에게 강탈을 당할까 봐 제가 가지고 있었습니다."

어떻게 된 상황인지 알 것 같았다.

"근원석의 용도는 아직 잘 모르겠지만 보물인 것은 잘 알겠습니다. 다만 여러분에게도 필요한 것 같으니까 38개 부족이라고 하셨으니 380개를 내드리겠습니다."

정확하게 수를 헤아린 것은 아니지만 족히 1천 개는 넘을 것 같으니 그 정도는 내줄 수 있었다.

"저, 정말입니까?"

"부족하십니까?"

"아, 아닙니다! 비록 근원석이 족인들을 건강하게 만들어 주고 전사들에게 힘을 주기는 하지만, 그동안 많은 족인이 죽었기 때문에 그리 많이 필요하지는 않습니다."

"그럼 그렇게 하겠습니다."

가온은 영석 380개를 내주는 것으로 의뢰 계약을 깔끔하게 마무리했다.

'챙긴 것이 너무 많아서 오히려 미안할 지경이네.'

물론 받을 자격은 충분히 있었다.

그렇게 의뢰에 관한 일이 마무리되자 가온은 떠날 준비를 했다.

그때 샴이 뭔가 생각이 난 얼굴로 입을 열었다.

"혹시 베로트로 가십니까?"

"베로트요?"

"거기가 아닙니까? 대륙 중북부에서 가장 큰 도시이자 북부 용병연합 본부와 라친다 정보길드 본부까지 있는 곳이니 그곳으로 가려는 줄 알았습니다."

"아! 그곳 얘기는 들었습니다. 의뢰 때문에 정보가 필요해서 안 그래도 한번 들르려고 했습니다."

가온은 처음 들었지만 시치미를 떼고 그렇게 말했다.

"라친다 정보 길드는 대륙 중부에 거미줄처럼 뻗은 지부를 가지고 있어서 방문하시면 원하는 정보를 얻을 수 있을 겁니다. 혹시 그곳으로 가실 생각이면 잠시 이곳에서 머무르시다가 저희와 함께 가시지요."

"설인족도 그곳에 볼일이 있습니까?"

"일족의 식량을 충분히 구하려면 저희도 용병으로 활동해야 할 것 같습니다. 베로트는 신성국이나 교단이 보호하는 도시를 제외하면 마기의 영향을 받지 않는 소수의 도시 중 하나이기 때문에 농사나 목축이 가능하니까요."

대기의 에너지 이변의 여파는 인간을 포함한 동물에게만 부정적인 영향을 미친 것이 아니다. 농작물의 생육 환경까지 좋지 않은 영향을 받았다.

"그렇군요. 하지만 우리는 이미 확보한 다른 신전에 대한 정보가 있어서 그쪽 문제부터 해결할 생각입니다."

"그렇다면 동행은 어렵겠군요. 아무튼 저희도 당분간은 용병단을 만들어서 활동할 예정이니, 언제고 만나게 될 것 같습니다. 일단 새로운 정착지와 식량 문제부터 해결하고 여유가 나면 저희도 돕겠습니다."

가온은 샴의 말을 의례적으로 넘기려고 하다가 문득 떠오른 생각에 품속에서 단방향 통신기를 꺼냈다.

"어쩌면 저희 용병단에서 도움을 요청할 일이 있을지도 모르겠습니다."

"혹시 저희를 고용하실 생각이십니까?"

"그렇습니다. 강건한 육체와 뛰어난 실력을 가진 설인족 전사들이라면 큰 도움이 될 것 같군요."

대기 중 마나 비율이 감소해서 마나 회복 속도가 느린 현재 상황에서 강건한 육체를 가진 설인족은 큰 도움이 될 수 있었다.

'설인족은 키와 몸집이 크기도 하지만 근밀도나 뼈의 강도로 보아 순수한 육체적 능력이 무척 높아. 게다가 마나오션은 없지만 영력이 변질된 힘이 전신에 퍼져 있어서 익스퍼트급의 실력을 발휘할 수 있어.'

그럴 일은 없어야 하지만 아니테라의 전력만으로 부족한 상대를 만난다면 설인족 전사들은 큰 도움이 될 수 있었다.

"혹시 아니테라 용병단은 원하는 만큼 식량을 구할 수 있는 겁니까?"

"아직은 그렇습니다."

"근원석으로는 저희 설인족을 두 번이나 구해 준 은혜를 갚기에 부족했는데 잘됐군요. 꼭 연락 주십시오. 목숨을 걸고 돕겠습니다."

"그렇게 하지요."

"말이 나와서 말인데 혹시 곡물에 여유가 좀 있을까요?"

"곡물요?"

"네. 원래 설산 지대는 곡물을 재배할 수 없어 외부에서 사 오는데, 지금은 구하기가 너무 힘들어서 말입니다. 대신 금을 드리겠습니다."

설인족은 주로 육식을 하기 때문에 인간처럼 곡물을 많이 먹는 것은 아니지만 그래도 필수적으로 섭취를 해야 했다.

"금이라면 괜찮기는 한데 교환 비율을 어떻게 해야 할지 모르겠네요."

"보통 외부에서 사 올 때 보리의 경우 1 : 100, 밀은 1 : 70 의 비율의 무게로 바꾸는데 알아서 주시면 됩니다. 사악한 테라르의 사제들에게 많이 강탈당해서 저희가 지금 내드릴 수 있는 황금은 700뷰렌 정도입니다."

'뷰렌'이라는 단위를 처음 듣기 때문에 어느 정도인지 알 수가 없었는데, 샴은 말이 나온 김에 거래를 할 생각이었는 지 휘하 전사를 시켜서 황금을 가져오도록 지시했다.

얼마 후 전사 네 명이 가져온 상자 두 개를 본 가온은 내심 경악했다. 한 상자 안에는 사금이, 그리고 다른 상자에는 괴 형태의 황금이 가득 들어 있었다.

'이 정도면 500킬로그램은 될 것 같은데.'

워낙 무거워서 전사 두 명이 상자 하나를 들고 왔을 정도 였다.

가온은 100배 무게인 50톤에 해당하는 밀과 보리를 아공 간에서 꺼내 주었다.

"엄청난 아공간 아이템이군요!"

말이 50톤이지 20킬로그램짜리 밀과 보릿자루가 무려 2,500자루나 되니 샴은 물론이고 멀리 있는 설인족들까지 놀라서 달려와 구경을 할 정도였다.

　자루의 주둥이를 열어 본 샴의 얼굴이 환해졌다. 예전에는
안 그랬지만 10여 년 전부터는 보통 절반 정도는 섞여 있는
쭉정이가 전혀 보이지 않았기 때문이다.

　그렇게 거래를 완전히 끝내고 나서 가온 일행은 잉겔트를
떠나 인근에서 가장 큰 규모의 도시이자 마신의 추종자들로
부터 안전한 장소인 베로트 시티를 향해 출발했다.

재회 再會

출발하고 얼마 지나지 않아서 느닷없이 강풍과 함께 눈이 내리기 시작했다.

"눈이다!"

"우아아아!"

전사들이 환호성을 질렀다. 알고 보니 눈을 처음 본 아니테라의 전사들이 꽤 많았다. 그들은 방어구에서 유일하게 드러난 뺨에 닿는 눈의 감촉을 느끼면서 내리는 눈이 만들어내는 경관에 잠시 넋을 잃었다.

아레오와 아나샤도 눈 구경에 푹 빠졌지만 가온은 잉겔산에서 방출되는 영력이 주변의 대기에 함유된 마기를 흡수해서 마나로 바꾸는 것 같은 감각을 느꼈다.

'신비한 일이네.'

영력이나 마나 그리고 마기는 별도의 에너지임에도 불구하고, 마기는 영력과 만날 경우 굉장히 느린 속도이기는 하지만 마나로 변하고 있는 것이다. 물론 그 과정에는 아직 가온이 알지 못하는 이유가 있을 테지만 신기한 일이다.

'별다른 일만 없다면 적어도 설산 지대는 곧 마기의 농도가 현저하게 낮아지겠군.'

잉겔산 전체가 품고 있는 영력의 양을 수치로 계량할 수 없지만, 예전에는 다른 지역보다 마나가 농후했다고 하니 오래지 않아서 이 지역은 에너지 이상 현상의 대상에서 벗어나게 될 것이다.

눈 구경도 잠시 강풍이 매섭게 불자 기온은 빠르게 하강했고 전사들은 정령력이나 마나를 사용하지 않으면 극심한 추위를 느낄 수밖에 없었다.

물론 가온은 추위를 거의 느끼지 못했다.

인간을 초월한 육체가 기온 변화에 빠르게 반응했고 외피부를 구성하고 있는 파르가 온도 조절을 했기 때문이다.

가온은 그 시점에서 사람들을 모두 아니테라로 보냈다.

분명히 잉겔트에서 떠나온 시각은 낮이었지만 거센 눈보라로 인해서 주위는 어두워졌고 앞도 제대로 보이지 않았다.

다른 때였다면 굳이 이런 눈보라를 뚫고 베로트로 갈 필요는 없었다.

정확한 지도가 없어서 나인테일을 사용할 수도 없었고 강풍 때문에 투명 날개를 이용해서 날아가는 것은 더욱 힘들었기 때문이다.

하지만 가온은 베로트로 가야만 했다.

'베로트에 있다는 정보 길드를 통한다면 3황자와 5황녀의 행적을 알아낼지도 몰라.'

자신이 대륙 북방의 설산 지대로 차원 이동을 한 것으로 봐서는 그들 역시 비슷한 지역으로 이동되었을 가능성이 높았다.

비록 시야가 제대로 확보되지 않는 상황이지만 심안 스킬을 발동한 가온은 영력을 사용해서 공간 이동술을 펼쳐 이동하기로 했다.

한 번에 겨우 100보 거리에 불과하지만 이런 상황에서는 이게 최선이었다.

'영력 소모는 좀 있겠지만 이 기회에 공간 이동술의 레벨을 올려야겠네.'

그래도 방향이나 베로트 시티의 위치에 대해서는 샴에게 들어서 제대로 알고 있었기에 가온은 바로 공간 이동술을 펼쳤다.

한 번에 이동할 수 있는 거리가 백 보 정도에 불과하지만 가온은 강풍에 폭설이 내리는 상황에서도 **빠르게** 엄청난 거리를 이동할 수 있었다.

그렇게 1시간 정도 쉼 없이 공간 이동술을 펼치자 기대했던 결과를 얻을 수 있었다. 바로 공간 이동술의 레벨이 두 번 연속해서 오른 것이다.

'영력 소모는 컸지만 보람이 있네.'

공간 이동술은 1성이 올라갈 때마다 이동 거리가 두 배로 늘어난다.

지금 성취가 3성이니 한 번에 400보 거리를 이동할 수 있게 되었고 그 때문에 시간이 많이 단축되었다.

'방향과 도착 지점을 설정할 수 있으며 400보 거리까지 이동할 수 있으니 활용도가 아주 높아졌어.'

400보면 대략 250미터에 해당하기 때문에 전투 시에는 물론 유사시에도 큰 효력을 발휘할 수 있었다.

상태창을 확인한 김에 잠시 휴식을 취하기로 한 가온은 카오스에게 적당한 곳을 찾아 달라고 했다. 육체적인 피로는 없었지만 영력이나 집중력 소모가 엄청났기 때문이다.

얼마 후 카오스가 녹스와 카우마를 대동하고 돌아와서 상황을 설명해 주었는데 가온의 미간이 잠깐 좁아졌다가 정상으로 돌아왔다.

나중에 알았지만 설랑(雪狼)이라는 이름을 가진 거대한 늑대가 마기의 영향으로 마수로 변이하는 중이었는데, 무려 4천여 마리가 자신이 구해 준 이들 중 인간과 수인족을 포위한 상태로 공격하기 직전이라고 했다.

'왜 여기까지밖에 못 온 거지? 설마 이쪽은 그들이 출발하고 얼마 후부터 강풍에 폭설이 내린 건가?'

그게 아니라면 말이 되지 않는다. 수인족의 능력은 잘 모르겠지만 인간들은 5서클 이상의 마법사에 전사들도 최소 익스퍼트 중급 이상의 강자들이었기 때문이다.

'그런데 마수화된 늑대가 그렇게 많아?'

―설산 지대에 서식하는 놈들이 다 몰려든 것 같아. 에너지 이변 현상도 영향이 있었을 테지만 폭설과 강풍으로 인해서 길이 막힌 상태라서 식량이 필요한 인간과 수인족이 사방으로 흩어져서 사냥을 하다가 놈들의 이목을 끈 것이 아닐까? 한 무리는 아니었거든.

카오스의 추측이 맞을 것이다.

설인족이야 이 지역의 토박이이니 놈들을 피할 방법이 있었을 테지만, 마신 테라르의 사제들에게 붙잡혀 전혀 생소한 환경으로 이동했던 인간과 수인족은 설산 산맥을 너무 우습게 알았을 가능성이 높았다.

늦게 출발한 설인족은 식량과 천막을 받아 갔지만 인간과 수인족은 떠나기에 급급해서 챙긴 것이 전혀 없었다. 물론 목숨을 구해 준 가온에게 감히 요구하지도 못했겠지만.

'강풍에 폭설이 내리는 환경이라면 아무리 익스퍼트 경지라고 해도 제대로 움직이기는 힘들었을 거야.'

아마 설산 지대에 경험이 있는 이들이 있어 무리를 안내했겠지만 먹잇감이 희박한 환경에서 대를 이어 번식해 왔던 설랑 무리, 특히 마수화가 진행되고 있는 상황이라 더욱 민감해진 놈들의 감각을 피하긴 어려웠을 것이다.

그나마 협곡과 비슷한 지형을 찾아서 대비를 하고 있는 것은 다행한 일이다. 일단 설랑의 공격 루트를 사방에서 두 방향으로 줄여 놓았으니 말이다.

'어떻게 대응하고 있어?'

−협곡의 입구와 안쪽에 바위를 쌓아서 막고 양쪽에 50명씩을 배치해서 설랑의 움직임을 주시하고 있어.

가온은 그들이 큰 위험에 빠져 있음을 확신할 수 있었다. 일단 식량이 부족했다.

그들은 자신들의 실력이라면 금방 설산 지대를 빠져나갈 수 있거나 식량 정도는 쉽게 구할 수 있다고 생각했는지 가온에게 식량도 부탁하지 않고 서둘러 떠난 것이다.

'구해 줘야 할까?'

딱히 보답을 받을 생각은 없지만 목숨을 구해 준 은혜를 말로 때우고 급하게 떠난 이들이다.

'하아. 몰랐으면 모르되 알았는데 모른 체하고 그냥 갈 수는 없지.'

가온은 설랑의 몸집이 들소만큼이나 거대하다는 카오스의 설명을 들은 순간부터 사냥할 생각을 했다. 설인족 구울들의 식량을 구할 마음이 생긴 것이다.

그때 카오스가 뜻밖의 얘기를 꺼냈다.

ー마누는 바쁜 것 같고 내가 카우마와 녹스를 데리고 사냥을 할까?

'너희 셋이?'

ー응. 얼마 전에 포위망의 뒤쪽에 도착한 것 같은 절반 정도는 우리가 사냥할 수 있을 것 같아.

'절반이면 몇 마리 정도야?'

ー한 무리가 대략 50마리 정도인데 마흔 무리 정도는 되는 것 같아.

'어떻게 사냥을 하려고?'

ー간단하지. 녹스가 강풍을 이용해서 마비독을 풀어서 감각을 둔화시키면 내가 바람으로 영역을 만들 거야. 그러면 카우마가 영역에 화염을 만들어서 호흡에 필요한 산소를 모조리 연소시키면 끝이야. 좀 발광을 하겠지만 내가 만든 바람 영역은 부술 수 없으니 모두 질식해서 죽을 거야.

'영역?'

ー응. 가온이 만든 영역을 봤는데 나도 구현할 수 있어.

그러고 보니 탄 차원에서 고래 마수를 상대할 때 카오스가 물 영역을 만들어서 사냥에 큰 도움을 주었다.

카오스의 경우 자신처럼 갓상점에서 구매하거나 보상으로 스킬을 얻을 수 없다는 점을 고려하면 놀라운 일이다.

'영역의 크기는?'

—속성에 따라서 다르지만 바람의 경우 이미 강풍이 불고 있어서 한 번에 늑대 500마리는 들어갈 수 있는 공간을 영역을 만들 수 있을 거야.

'좋아! 해 봐! 카오스, 공간 내에 있는 산소를 빠르게 연소시켜야 한다는 점을 명심해. 녹스, 네가 사냥한 놈들을 챙겨!'

가온이 흔쾌하게 허락하자 세 정령은 신이 나서 순식간에 공간 이동을 했다.

가온은 강풍을 뚫고 날아올라서 인간과 수인족이 몸을 숨겼다는 협곡 쪽으로 이동했다.

'생각보다 폭이 넓군.'

정확한 의미의 협곡은 아니다. 기슭부터 경사가 심한 두 산 사이의 계곡으로 그저 깊을 뿐이었는데, 수인족과 인간은 마나를 사용해서 무겁고 큰 돌을 입구와 안쪽에 높이가 대략 10미터에 이르는 돌벽을 쌓아 두었다.

돌벽 중간에는 수인족과 인간 전사들이 붙어서 구멍 사이로 잘 보이지도 않는 전방을 육안으로 살피고 있었고 나머지는 계곡의 안쪽으로 움푹 파인 공간에 들어가서 강풍과 눈을 피하고 있는 중이었다.

다행히 흩어지지 않고 모두 모여 있었지만 행색은 아주 초라했다.

'피죽도 못 먹은 얼굴들이네.'

그럴 수밖에 없는 것이 강풍과 폭설 그리고 저온의 환경을 전혀 예상하지 못하고 마나 혹은 마법을 사용해서 빠르게 이동할 생각만 해서 대비가 너무 미흡했기 때문이다.

이런 강풍과 폭설이 언제부터 시작되었는지는 모르겠지만 설산 지대가 초행인 인간이나 수인족이 아무리 강자들이라고 해도 식량을 제대로 구할 수 없을 테니 쫄쫄 굶었을 것이다.

설산 산맥의 토박이이며 마수화되고 있는 설랑들조차 이런 상황에서는 밥 먹듯 굶어야 할 판인데, 800명에 달하는 인간과 수인족의 체취를 맡았으니 모두 몰려드는 것도 이상한 일은 아니다.

일단 인간과 수인족이 있는 곳을 확인한 가온은 이제 막 공격할 준비를 하고 있는 새하얀 늑대 무리 쪽으로 날아갔다.

'설랑이라는 이름이 아주 잘 어울리네.'

지구의 늑대 중에는 흰 털을 가진 종이 없는 것으로 알고 있는데 설랑은 눈처럼 희고 풍성한 긴 털을 가지고 있었다. 거기에 정말 몸집이 들소만큼이나 커서 선 자세에서 머리 높이가 가온의 가슴에 올 정도였다.

다만 놈들은 대규모로 무리를 짓지는 않았다. 보통 200~300마리 단위로 뭉쳐 있었다. 리더 중에서도 남다른 몸집을 자랑하는 몇 마리가 보였는데, 이미 마수화가 상당히 진행되었는지 머리에는 완전한 형태의 뿔이 돋아난 상태였다.

'협공을 할 모양이군.'

2천여 마리의 늑대는 무리를 지어 이리저리 움직이기 시작했는데 계곡의 양쪽 산에 각각 300여 마리씩, 그리고 계곡 입구 쪽으로 나머지 모두가 서서히 이동하기 시작했다.

이제 막 움직이기 시작하는 무리와 대략 1킬로미터 정도 떨어진 뒤편은 강풍과 함박눈 때문에 거의 보이지 않았지만 심안을 발동하자 카오스가 만든 것으로 보이는 바람 막과 막을 향해서 거칠게 몸을 던지는 설랑들이 보였다.

'저긴 걱정할 필요가 없겠어.'

가온은 빠르게 날아서 계곡 입구의 양쪽 산기슭을 오가며 아니테라 전사들을 적절하게 소환했다.

이미 의념으로 명령을 내려 둔 상태라 소드 마스터 1명과 마법사 2명, 정령사 2명 그리고 전사장 20명으로 편성된 두 부대가 소환되어 각각 한쪽을 맡았다.

총 25명밖에 안 되지만 굳이 타이탄을 소환하지 않아도 본신의 실력으로 설랑 300마리는 충분히 사냥할 수 있는 전력이었다.

소환된 부대는 지시대로 정령사들이 불의 정령들을 소환해서 쌓여 단단하게 굳은 눈을 순식간에 녹여 참호를 만든 후 그 안에 몸을 감추었다.

가온은 원래 설랑들이 머물고 있던 곳으로 날아가서 동일한 구성으로 편성한 네 부대를 소환했다. 물론 그들 역시 소환 직후 정령사들이 불의 정령을 소환해서 높이 쌓인 눈을 녹여서 참호를 만들어서 몸을 숨겼다.

바람의 방향이 계곡 쪽으로 불고 있어 체취가 실려 갈 염려는 없지만, 설랑은 시력도 아주 뛰어나서 최소한의 조치를 취한 것이다.

참호는 계곡 입구를 중심으로 넓은 반원을 그리며 만들어졌고 그 안으로 들어간 전사들은 타이탄을 소환했다.

그렇게 본대가 빠르게 전투준비를 갖추자 가온은 다시 날아서 인간과 수인족이 몸을 피한 곳으로 이동했다.

설랑들의 접근을 알아차린 수인족과 인간들도 이미 전투 대비를 완료한 상태였다.

"어스 퀘이크!"

눈이 허벅지 높이만큼 쌓인 바닥이 심하게 요동을 치면서 선두의 설랑들이 몸의 균형을 잃었다. 그리고 그때 다른 마법들이 날아갔다.

"파이어 볼!"

"파이어 랜스!"

"매직 미사일!"

"아이스 랜스!"

마법들은 제대로 몸의 균형을 잡지 못한 설랑들을 직격했다. 마법에 당한 설랑들은 털과 가죽이 타고 몸통이 뚫리는 고통에 비명을 질렀지만 놀랍게도 즉사한 놈들은 거의 없었다.

하지만 인간들의 공격은 거기에 그치지 않았다.

어느새 돌벽 위에 나타난 인간과 수인족 들이 손에 잡히는 크기의 돌을 설랑들을 향해 던지고 있었다.

마나가 깃든 돌들은 급하게 깨서 만들었는지 모가 나 있었고 그 덕분에 제대로 머리를 맞은 놈들은 머리 일부가 부서져서 죽어 갔다.

하지만 워낙 길고 굵은 밀생한 털과 질기고 두꺼운 가죽이 충격을 대폭 경감했기 때문에 돌에 맞은 놈들은 고통에 끔찍한 비명을 질렀지만, 인간과 수인족을 살기 어린 눈으로 노려봤다.

마수화가 되면 살육의 본성이 엄청나게 강해져서 상처를 입으면 더 흉포해지며 통증을 덜 느낀다고 들었다.

그 모습을 본 가온은 인간과 수인족의 상황이 최악이라는 사실을 알 수 있었다.

'하아! 그리고 보니 무기를 소지한 전사들이 거의 없구나.'

마법사들 역시 매직 완드가 없는 상태였다. 마신 테라르의 사제들에게 다 빼앗겼다.

가온은 투명 날개를 해제한 상태로 설랑 무리의 선두 중간 지점에 떨어져 내리면서 대검에 신성력을 주입했다.

선두가 죽거나 다치고 있는 상황에서도 앞으로 뛰쳐나가

인간을 잡아먹을 생각에 침을 흘리며 투기를 발산하고 있던 설랑들은 가온의 존재가 홀연히 나타나자 으르렁거렸지만, 마기와 상극인 신성력이 깃든 대검의 궤적에 속속 머리가 뚫리거나 심장이 파열되었다.

그렇게 순식간에 30마리가 넘는 설랑을 죽여 버린 가온은 빠르게 돌벽 쪽으로 접근했다.

"헉! 아니테라 용병단이다!"

가온을 알아본 인간과 수인족은 연신 돌을 던지면서도 그쪽은 피했다.

그렇게 날듯이 달리면서 설랑들을 썰어 버린 가온은 돌벽 앞에 도착하자 가볍게 도약해서 돌벽 위에 올라섰다.

"공격하라!"

천지를 울리는 천둥처럼 큰 소리에 설랑들은 물론 인간과 수인족도 깜짝 놀라 멈칫했다.

그리고 그 순간 양쪽 산기슭의 참호에 몸을 숨기고 있던 전사들이 참호를 빠져나와서 설랑들을 향해 내달리기 시작했다.

그때 막 계곡 양편을 오르고 있었던 설랑들은 위에서 달려 내려오는 단원들이 내뿜는 기세에 움찔했고, 순식간에 굵은 목이 날아갔다.

선두의 대전사장 롭의 대검에서 3미터에 이르는 오러 블레이드를 휘둘렀다.

그에 이어서 설랑을 향해 쇄도한 다른 전사장들도 검기와 검사를 생성해서 휘두르자 하얀 눈밭은 금방 지옥처럼 변했다.

마수화가 진행 중이지만 설랑들은 오러 블레이드나 검사 물론이고 검기조차 감당할 능력은 없었다.

아무리 이빨과 발톱이 날카로우며 몸집이 크고 날렵하다고 해도 익스퍼트 중급 이상의 실력자들에게는 강아지나 다름없었다.

마법사들은 전사장들의 움직임에 맞추어서 설랑에게 경직 마법을 걸거나 윈드 마법으로 시야를 방해하는 사체를 날려 버리는 방식으로 전투를 도왔고, 정령사들도 대지의 정령을 소환해서 설랑들의 발을 붙잡는 방식으로 움직임을 방해했다.

그렇게 25명으로 구성된 두 부대가 순식간에 가파른 양쪽 산기슭을 오르는 설랑들을 도륙하기 시작할 때 설랑 무리의 뒤편에서도 완전 무장 한 인간 100여 명이 속속 나타났다.

거대한 반원 진형을 갖춘 인간들은 빠르게 원을 좁히면서도 서로의 간격을 유지했는데, 설랑들이 제대로 반응하기도 전에 마법들부터 날아갔다.

"익스플로전!"

"파이어 필드!"

"기가 라이트닝!"

"윈드 커터!"

하나같이 4서클 이상의 위력적인 마법들이 날아가서 느닷없이 후방에 나타난 인간의 존재에 당황하고 몸이 굳은 설랑들을 공황 상태로 만들었다.

곳곳에서 엄청나 폭발음과 함께 거대한 화염이 바람을 타고 설랑들을 불태웠고 시퍼런 뇌전이 놈들을 마비시켰으며 거대한 바람 칼날이 밀생한 긴 털은 물론 굵고 질긴 가죽을 가볍게 자르고 근육과 뼈까지 베어 버렸다.

아니테라 전단에는 마법사만 있는 것이 아니다. 정령사들도 이미 정령을 소환한 상태였다.

대지의 정령인 노임과 노예스가 눈 아래의 흙바닥을 일으켜 설랑의 다리를 붙잡는 것은 물론 바닥에 거대한 균열을 만들어서 놈들을 빠뜨렸다.

불의 정령인 샐라임과 샐리스트는 파이어 필드의 화염을 더욱 크게 만들었고 사방팔방으로 돌아다니면서 눈을 녹여 설랑들을 제대로 운신할 수 없도록 만들었다.

물의 정령인 운다인과 엔다이론은 녹은 물을 이용해서 물 덩어리를 만들어서 설랑들의 머리를 가두거나 온몸을 푹 적셔 버렸고, 바람의 정령인 실라페와 실라이론은 바람의 칼날을 수없이 만들어서 설랑들을 공격하는 한편 안 그래도 차가운 바람의 세기를 더욱 높여서 설랑들의 몸을 얼려 버렸다.

그렇게 마법과 정령들이 설랑들을 혼비백산하게 만드는

동안 포위망을 좁힌 인간들이 날듯이 가볍고 빠르게 움직이면서 본격적으로 검사와 오러 블레이드를 사용해서 설랑을 죽이기 시작했다.

어느새 돌벽 위에 올라선 수많은 수인족과 인간들은 아니테라 용병단원들로 추정되는 이들이 설랑을 그야말로 학살하고 있는 현장을 멍한 얼굴로 쳐다보고 있었다.

그중 일부는 이미 마신의 신전 던전에서 아니테라 용병단원들의 신위를 목격했지만, 그때는 마비가 덜 풀린 상태라 뭔가 확실하게 본 느낌은 아니었기에 현실감이 부족했었다.

그런데 지금 눈앞에서 벌어지는 모습을 보니 한 명 한 명이 엄청난 실력을 가지고 있었다.

'마법사는 최소 5서클이고 정령사들이 소환한 정령들은 중급과 상급이야! 거기에 단장을 제외하고도 소드 마스터만 무려 여섯 명에 전사들은 검기와 검사를 능숙하게 사용하는 것으로 보아 최소한 익스퍼트 중급 이상의 강자들이고.'

아니테라 용병단이 그동안 어느 지역에서 활동했는지는 알 수 없지만 정말 엄청나게 강한 전력을 갖추고 있었다.

그때 가온이 아공간에서 무언가를 꺼내 바닥에 쌓기 시작했는데 자세히 보니 검과 도였다.

"뭐 하고 있습니까? 설마 저놈들을 우리에게만 맡겨 둘 것은 아니겠지요?"

가온의 일갈에 정신을 차린 전사들은 눈 위에 쌓인 무기를 보고 화색이 되어 뛰어내리기 시작했다. 그리고 선호하는 무기를 손에 쥐고 무게감을 확인하는 방식으로 고르더니 설랑들을 향해 달려갔다.

눈치를 보던 수인족들도 하나둘 뛰어내렸다. 하지만 일부는 기본이 되는 짐승으로 변신했다. 그리고 엄청난 투기를 발산하면서 며칠 동안 자신들을 위협한 설랑들을 향해 달려갔다.

호인족은 거대한 몸으로 빠르게 도약해서 단숨에 설랑의 목을 물어서 마구 흔들어 숨통을 끊었고, 웅인족은 엄청난 힘이 실린 앞발로 머리를 후려치거나 길고 날카로운 발톱을 몸 안에 깊이 쑤셔서 심장을 터트리는 방식으로 처리했다.

가장 수가 많은 견인족과 수가 적은 묘인족, 그리고 여우족은 그 상태로 몸을 두 배 가까이 거대화시키더니 무기를 들고 전장으로 달려갔다.

그들은 높이 쌓인 눈 속에서도 아주 빠르게 움직였는데, 협공에 능한지 시간은 좀 걸렸지만 서넛이 설랑 한 마리를 어렵지 않게 해치웠다.

그렇게 800명이나 되는 인간과 수인족까지 가세하자 설랑 무리는 그야말로 독 안에 든 쥐 꼴이 되어 학살당했다.

물론 설랑 무리의 리더는 본능적으로 마기를 사용해서 검기 정도는 충분히 받아 낼 수 있었지만, 그런 놈들은 아니테라의 대전사장들이 찾아내어 일일이 제거하고 있었다.

비록 마수화가 진행되고 있었지만 동족이 학살당하는 공포에 질린 일부는 포위망을 벗어나기도 했다.

하지만 다시 투명 날개를 장착하고 투명 모드로 날아다니면서 위험해 보이는 상황을 볼 때마다 마나탄을 날리던 가온의 눈을 피할 수는 없었다. 그런 놈들도 여지없이 머리통에 구멍이 뚫려 쓰러졌다.

그렇게 20여 분이 지나자 더 이상 움직이는 설랑은 보이지 않았다.

인간과 수인족은 어지간히 추웠는지 방금 도축한 설랑 가죽들을 뒤집어쓴 채 가온이 내어 준 빵과 육포를 입안에 넣고 정신없이 씹었다.

그건 수뇌부도 크게 다르지 않았다. 굶주린 것은 마찬가지였다.

그렇게 추위와 배고픔에서 간신히 벗어난 후에야 하나둘 정신을 차렸다.

"베로트 시티로 간다고요?"

"네. 그곳에 가야 대형 텔레포트 마법진을 이용할 수 있거든요. 물론 그 전에 용병 길드에 들러서 의뢰 몇 건을 처리해야 이용료를 벌 수 있지만요."

인간 마법사를 대표하는 홀랏 마탑의 레이선이 대답했다.

"우리도 그곳으로 가고 있습니다."

"아! 정말 잘됐네요! 함께 가요!"

일전에 자신을 묘인족의 퀸이라고 소개한 아가르타가 반색을 했고, 인간 전사를 대표하는 툴락과 다른 수인족 대표자들도 슬며시 미소를 지었다.

"그런데 그때 단장님께 귀속을 맹세한 이들은 안 보이네요?"

"후방의 숙영지에 남겨두었습니다. 그동안 몸이 축난 것 같아서 한동안 요양을 시킬 생각입니다."

가온의 대답에 물어본 아가르타가 자신도 모르게 부럽다는 표정을 지었다가 황급히 지웠다.

"그런데 아니테라 용병단은 어느 지역에서 활동했습니까? 아! 용병단이라고는 믿기 힘들 정도로 강한 전력을 가지고 있는데 전혀 이름이 알려지지 않아서요. 마치 이계인들처럼 말입니다."

원래 이 질문은 처음 만났을 때 나왔어야 정상인데 그때는 너무 정신이 없었다.

"우리 아니테라는 대륙 동북단의 안타레 지역에서 활동했습니다."

가온은 '이계인'이라는 단어에 내심 깜짝 놀랐지만 표정 변화 없이 어제 설인족 연합의 샴 족장과 대화를 나누다가 알게 된 지역 이름을 거론했다.

안타레 지역은 사시사철 아열대 혹은 온대인 대부분의 지역과 달리 높고 험준한 산들이 수없이 많은 설산 산맥 너머에 있다.

그런 곳에도 사람은 살지만 인구가 많지 않고 당연히 국가도 없으며 마나의 이상 유동 현상이 심한 설산 산맥 때문에 텔레포트 마법진을 이용할 수도 없어서 오랫동안 고립된 지역이다.

"아! 안타레! 이름은 들어 봤습니다. 과연 그런 곳에서 왔기에 대륙의 정세에 어두웠던 거군요."

그렇게 말하는 레이선은 물론이고 다른 사람들도 이제야 이해가 간다는 얼굴이었다.

"그런데 이계인이 대체 뭡니까? 설마 다른 세상과 연결된 포탈을 건너온 자들입니까?"

"포탈은 아닌 것 같은데 최근 들어서 주로 대륙 중북부 지역에 무작위로 나타났습니다. 그들은 자신들이 다른 세상에서 건너왔으며 그들도 설명하지 못하는 신비한 존재로부터 의뢰를 받고 수행하러 왔다고 주장합니다."

"허어! 그런 자들이 있을 줄이야. 하긴 생각해 보면 마계의 마족들도 건너오니 신기한 일도 아니군요."

"맞습니다. 그래서 처음에는 다들 놀랐지만 지금은 그러려니 합니다. 게다가 이계인들은 하나같이 놀라운 능력을 가지고 있어서 우리 세상에 도움이 되면 되었지, 나쁠 일은 없으니까요."

예지몽으로
히든랭커

레이선의 말에 가온은 베로트에 가서 정보 길드를 통하면 이곳 사람들이 이계인으로 부르는 3황자와 5황녀의 행적을 파악할 수 있을 것 같다는 생각이 들었다.

다음 권으로 이어집니다

꿈의 도약, 로크에서 하십시오
(주)로크미디어에서 신인 작가를 모십니다

즐거운 세상, (주)로크미디어는 꿈을 사랑하고 도전을 두려워하지 않는 작가분들의 참신한 작품을 기다리고 있습니다. 21세기 장르 문학계를 이끌어 갈 차세대 선두 주자 (주)로크미디어에서 여러분의 나래를 활짝 펴 보시길 바랍니다.

모집 분야 판타지와 무협을 포함한 장르 문학
모집 대상 아마추어 작가, 인터넷 작가
모집 기한 수시 모집
작품 접수 시 유의 사항
 1. 파일명은 작가명_작품명.hwp 형식을 갖춰 주십시오.
 1. 파일에 들어갈 내용은 다음과 같습니다.
  — 성명(필명인 경우 실명을 밝혀 주세요), 연락처, 이메일 주소.
  — 제목, 기획 의도.
  — A4용지 1장 분량의 등장인물 소개.
  — A4용지 2장 분량의 전체 줄거리.
  — 본문.
 1. 작품이 인터넷에 연재되고 있다면, 게시판명과 사이트의 구체적이고 정확한 주소를 기재해 주십시오.

선택된 작품은 정식 계약 후 출판물로 간행되어 전국 서점에 유통됩니다.
작가분은 (주)로크미디어의 전폭적인 지원하에 전속 작가로 활동하시게 됩니다.
※ 자세한 내용은 로크미디어 홈페이지(rokmedia.com)를 참조하세요.

(04167)서울시 마포구 마포대로 45 일진빌딩 6층
(주)로크미디어 편집부 신간 기획 담당자 앞
전화 : 02)3273-5135
www.rokmedia.com 이메일 : rokmedia@empas.com